I0715068

Translated Language Learning

Les Aventures d'Alice au Pays des Merveilles

Le Avventure di Alice nel Paese delle Meraviglie

Lewis Carroll

Français / Italiano

Copyright © 2024 Tranzlaty
All rights reserved
Published by Tranzlaty
ISBN: 978-1-83566-810-8
Original text: Alice's Adventures in Wonderland
by Lewis Carroll (1865)
Abridged by Sam'l Gabriel Sons (1916)
www.tranzlaty.com

Dans le Terrier du Lapin
Nella tana del coniglio

Alice commençait à être très fatiguée

Alice cominciava a sentirsi molto stanca

Elle était assise à côté de sa sœur sur le talus d'herbe

Era seduta accanto a sua sorella sulla riva erbosa

Mais elle n'avait rien à faire

ma non aveva niente da fare

Sa sœur lisait un livre

sua sorella stava leggendo un libro

une ou deux fois, Alice jeta un coup d'œil dans le livre

una o due volte Alice sbirciò nel libro

Mais le livre ne contenait ni images ni conversations

Ma il libro non conteneva immagini o conversazioni

« À quoi sert un livre sans images ? » pensa Alice

"A che serve un libro senza immagini?", pensò Alice

« Pourquoi un livre n'aurait-il pas de conversations ? »

"Perché un libro non dovrebbe avere conversazioni?"

Mais elle avait d'autres choses à considérer

ma aveva altre cose da considerare
« Faire une chaîne de marguerites serait un plaisir »
"fare una catena di margherite sarebbe un piacere"
« Mais cela vaut-il la peine de se lever et de cueillir les marguerites ?? »
"Ma vale la pena di alzarsi e raccogliere le margherite??"
Ce n'était pas si facile d'y penser
Non è stato così facile pensarci
parce que la journée la rendait somnolente et stupide
perché la giornata la faceva sentire assonnata e stupida
Mais soudain, ses pensées s'interrompirent
ma all'improvviso i suoi pensieri furono interrotti
un lapin blanc aux yeux roses courait près d'elle
un Bianconiglio con gli occhi rosa le corse vicino

Il n'y avait rien de trop remarquable chez le lapin
Non c'era nulla di eccessivamente notevole nel coniglio
et Alice ne trouvait pas non plus le lapin remarquable
e Alice non pensava che nemmeno il coniglio fosse degno di nota
elle ne s'étonna pas non plus quand le Lapin parla
né la sorprese quando il Coniglio parlò
« Oh mon Dieu ! Je serai trop tard ! se dit-il
"Oh cielo! Arriverò troppo tardi!» disse tra sé
mais alors le Lapin a fait quelque chose que les lapins n'ont pas fait
ma poi il Coniglio ha fatto qualcosa che i conigli non hanno fatto
le Lapin tira une montre de la poche de son gilet
il Coniglio tirò fuori un orologio dal taschino del panciotto
Il regarda l'heure puis se hâta
Guardò l'ora e poi si affrettò
Alice se leva, stupéfaite
Alice si alzò in piedi, stupita
Elle n'avait jamais vu un lapin avec un gilet auparavant !
Non aveva mai visto un coniglio con un panciotto prima d'ora!
elle n'avait jamais vu non plus de lapin avec une montre !
né aveva mai visto un coniglio con un orologio!
Alice brûlait d'une nouvelle curiosité
Alice ardeva di una nuova curiosità
et elle courut à travers le champ après le Lapin
e corse attraverso il campo dietro al Coniglio
Elle était juste à temps pour voir le lapin disparaître
Fece appena in tempo a vedere il coniglio sparire
Le lapin sauta dans un grand terrier de lapin
Il coniglio saltò giù in una grande tana del coniglio
Un instant plus tard, Alice s'est mise à courir après le lapin !
In un attimo, Alice andò dietro al coniglio!
Le terrier du lapin continuait tout droit comme un tunnel
La tana del coniglio proseguiva dritta come un tunnel
Et le tunnel a continué à avancer sur une certaine distance

e il tunnel continuò ad andare avanti per un po'
Et puis le chemin s'est soudainement incliné
e poi il sentiero è improvvisamente sceso
Alice n'eut pas un instant pour songer à s'arrêter
Alice non ebbe un momento per pensare a fermarsi
Elle s'est retrouvée à tomber et à tomber
Si ritrovò a cadere sempre giù e giù
Il semblait qu'elle était tombée dans un puits très profond
sembrava che fosse caduta in un pozzo molto profondo
Ou le puits était très profond, ou bien elle tombait très lentement
O il pozzo era molto profondo, o è caduta molto lentamente
parce qu'elle avait tout le temps de tomber
perché aveva tutto il tempo di cadere
alors qu'elle tombait, elle pouvait regarder tout autour d'elle
Mentre stava cadendo, poteva guardarsi intorno
D'abord, elle a essayé de comprendre où elle allait
Per prima cosa, ha cercato di capire dove stava andando
mais le puits était trop sombre pour voir quoi que ce soit
ma il pozzo era troppo buio per vedere qualcosa
Puis elle regarda les côtés du puits
Poi guardò i lati del pozzo
Et elle remarqua qu'il y avait des placards tout autour d'elle
E notò che c'erano armadi tutt'intorno a lei
et tout autour du puits il y avait des étagères de livres
e tutto intorno al pozzo c'erano scaffali di libri
Çà et là, elle voyait des cartes et des tableaux accrochés à des piquets
Qua e là vedeva mappe e quadri appesi a pioli
En passant, elle prit un bocal sur l'une des étagères
Prese un barattolo da uno degli scaffali mentre passava
Le pot a été étiqueté pour son contenu
Il barattolo è stato etichettato per il suo contenuto
« MARMELADE D'ORANGES »
"MARMELLATA DI ARANCE"
Mais, à sa grande déception, le pot de marmelade était vide
ma, con sua grande delusione, il barattolo di marmellata era

vuoto
Elle ne voulait pas laisser tomber le pot de marmelade vide
Non voleva far cadere il barattolo di marmellata vuoto
et sa chute fut très lente
e la sua caduta fu molto lenta
Elle a donc réussi à mettre le pot de marmelade dans l'un des placards
Così riuscì a mettere il barattolo di marmellata in uno degli armadi
Tombée, descendue, tombée !
Giù, giù, giù!
La chute prendrait-elle fin ?
La caduta sarebbe mai finita?
Il n'y avait rien d'autre à faire
Non c'era nient'altro da fare
alors Alice commença bientôt à se parler à elle-même
così Alice iniziò presto a parlare da sola
« Je vais beaucoup manquer à Dinah ce soir, je pense ! »
«A Dinah mancherò molto stasera, credo!»
Dinah était le chat d'Alice
Dinah era la gatta di Alice
« J'espère qu'ils se souviendront de sa soucoupe de lait à l'heure du thé »
"Spero che si ricorderanno del suo piattino di latte all'ora del tè"
« Dinah, ma chère, je voudrais que tu sois ici avec moi ! »
"Dinah, mia cara, vorrei che tu fossi qui con me!"
Alice sentit qu'elle s'assoupissait
Alice si sentiva appisolata
Et puis soudain, bruit sourd ! bourrade!
E poi, all'improvviso, tonfo! tonfo!
Elle tomba sur un tas de bâtons
cadde su un mucchio di bastoni
et elle atterrit sur un tas de feuilles sèches
e atterrò su un mucchio di foglie secche
et enfin la longue chute dans le trou était terminée
e finalmente la lunga caduta nel buco era finita

Alice n'était pas du tout blessée
Alice non si fece male
Et elle se leva d'un bond au bout d'un instant
e in un attimo balzò in piedi
Elle leva les yeux, mais il faisait noir au-dessus de sa tête
Alzò lo sguardo, ma sopra di lei era tutto buio
Devant elle se trouvait un autre long couloir
Davanti a lei c'era un altro lungo corridoio
et le Lapin Blanc était toujours en vue
e il Bianconiglio era ancora in vista
Il se hâtait dans le couloir
Si stava affrettando lungo il corridoio
Il n'y avait pas un instant à perdre
Non c'era un momento da perdere
Alice s'enfuit comme le vent
Alice corse via come il vento
Au coin de la rue, le lapin s'est retourné
Dietro l'angolo si girò il coniglio
Elle était juste à temps pour entendre le lapin
Fece appena in tempo a sentire il coniglio
« "Oh, mes oreilles et mes moustaches »
""Oh, le mie orecchie e i miei baffi"
« Comme il est tard ! »
"Come si sta facendo tardi!"
Elle était tout près derrière le lapin
Era vicina al coniglio
Elle tourna au détour d'un autre coin
Ha girato un altro angolo
mais le Lapin n'était plus visible
ma il Coniglio non si vedeva più
Elle se retrouva dans une longue salle basse
Si ritrovò in un corridoio lungo e basso
La salle était éclairée par une rangée de plafonniers
La sala era illuminata da una fila di lampade a soffitto
Il y avait des portes tout autour de la salle
C'erano porte tutt'intorno alla sala
mais toutes les portes étaient fermées à clé

ma tutte le porte erano chiuse a chiave
Elle marcha tout le long d'un côté de la salle
Camminò lungo un lato del corridoio
et elle avait fait tout le chemin de l'autre côté de la salle
e lei aveva camminato fino all'altro lato del corridoio
Elle avait essayé toutes les portes
Aveva provato ogni porta
et elle marchait tristement au milieu de la salle
e camminò triste in mezzo al corridoio
« Comment vais-je jamais en sortir ? »
"Come farò mai a uscirne di nuovo?"

Tout à coup, elle tomba sur une petite table
All'improvviso si imbatté in un tavolino
La table était entièrement en verre massif
Il tavolo è stato realizzato interamente in vetro massiccio

Il n'y avait rien sur la table à part une petite clé dorée
Sul tavolo non c'era altro che una minuscola chiave d'oro
La clé pourrait appartenir à l'une des portes !
La chiave potrebbe appartenere a una delle porte!
Mais, hélas ! Certaines serrures étaient trop grandes pour les clés
Ma, ahimè! Alcune serrature erano troppo grandi per le chiavi
et pour les autres serrures, la clé était trop petite
e per le altre serrature la chiave era troppo piccola
mais, en tout cas, la clef n'ouvrit aucune des portes
ma, in ogni caso, la chiave non aprì nessuna delle porte
Mais que devait-elle faire ?
ma che cosa doveva fare?
Elle traversa de nouveau le couloir
Attraversò di nuovo il corridoio
et cette fois, elle remarqua un rideau bas
e questa volta notò una tenda bassa
Derrière le rideau se trouvait une petite porte
Dietro la tenda c'era una porticina
La porte avait une quinzaine de pouces de haut
La porta era alta circa quindici pollici
Elle essaya la petite clé dorée dans la serrure
Provò la piccola chiave d'oro nella serratura
Et à sa grande joie, la clé s'est glissée dans la serrure !
e con sua grande gioia, la chiave entrò nella serratura!
Alice ouvrit la porte
Alice aprì la porta
et elle trouva la porte qui donnait sur un petit couloir
e scoprì che la porta dava su un piccolo corridoio
Le couloir n'était pas beaucoup plus grand qu'un trou à rats
Il corridoio non era molto più grande di una tana di topi
Elle s'agenouilla et regarda le long du couloir
Si inginocchiò e guardò lungo il corridoio
et elle a vu le plus beau jardin que vous ayez jamais vu
e ha visto il giardino più bello che tu abbia mai visto
comme elle avait envie de sortir de cette salle sombre
Quanto desiderava uscire da quella sala buia

comme elle voulait se promener parmi ces fleurs lumineuses
come voleva vagare tra quei fiori luminosi
Comme ces fontaines avaient l'air cool et rafraîchissantes
quanto erano fresche e rinfrescanti quelle fontane
Mais elle ne pouvait même pas passer la tête par la porte
ma non riusciva nemmeno a far passare la testa attraverso la porta
— Oh ! dit Alice d'un ton lugubre
«Oh», disse Alice, tristemente
comme je voudrais pouvoir me plier comme un télescope !
"come vorrei potermi piegare come un telescopio!"
« Je pense que je pourrais me plier comme un télescope »
"Penso che potrei ripiegarmi come un telescopio"
« Si seulement je savais par où commencer »
"se solo sapessi cominciare"
Alice retourna à la table
Alice tornò al tavolo
Il y avait la chance de trouver une autre clé
c'era la possibilità di trovare un'altra chiave
Ou il pourrait y avoir un livre de règles
o potrebbe esserci un libro di regole
Le livre pourrait lui apprendre à se plier comme un télescope
Il libro potrebbe dirle come piegarsi come un telescopio
Cette fois, elle trouva une petite bouteille
Questa volta trovò una bottiglietta
« cette bouteille n'était certainement pas là auparavant, » dit Alice
«Questa bottiglia non c'era certo prima», disse Alice
et autour du goulot de la bouteille était attachée une étiquette en papier
e legata al collo della bottiglia c'era un'etichetta di carta
L'étiquette était magnifiquement imprimée en grandes lettres
L'etichetta era splendidamente stampata a grandi lettere
« BOIS-MOI »
"BEVIMI"
« Non, je vais regarder d'abord », a-t-elle dit

"No, guarderò prima", ha detto
« Je vais voir si la bouteille est marquée comme toxique ou non, »
"Vedrò se la bottiglia è contrassegnata come velenosa o no,"
Parce qu'elle n'a jamais oublié la leçon sur le poison
perché non ha mai dimenticato la lezione sul veleno
« Si une bouteille est étiquetée comme toxique, elle est forcément en désaccord avec vous »
"Se una bottiglia è etichettata come velenosa, è inevitabile che non sia d'accordo con te"
Cependant, cette bouteille n'a pas été marquée comme toxique
Tuttavia, questa bottiglia non è stata contrassegnata come velenosa
alors Alice se hasarda à goûter le contenu de la bouteille
così Alice si avventurò ad assaggiare il contenuto della bottiglia
Elle trouva le liquide tout à fait à son goût
Trovò il liquido di suo gradimento
La boisson avait une sorte de saveur mélangée
La bevanda aveva una sorta di sapore misto
tarte aux cerises, crème pâtissière et ananas
Crostata di ciliegie, crema pasticcera e ananas
Rôtir la dinde, le caramel et le pain grillé au beurre chaud
Arrosto di tacchino, toffee e toast con burro caldo
et elle finit bientôt la bouteille
e presto finì la bottiglia
« Quelle curieuse sensation ! » dit Alice
«Che strana sensazione!» disse Alice
« Je me plie comme un télescope ! »
"Mi sto ripiegando come un telescopio!"
Et elle se repliait comme un télescope !
E si stava ripiegando come un telescopio!
Elle n'avait plus que dix pouces de haut
Ora era alta solo dieci pollici
et son visage s'éclaira à ses pensées
e il suo viso si illuminò al pensiero

Maintenant, elle était de la bonne taille pour la petite porte
ora era della misura giusta per la porticina
Maintenant, elle pouvait aller dans ce joli jardin
ora poteva entrare in quel bel giardino
Bientôt, elle a cessé de devenir plus petite
Presto smise di rimpicciolirsi
Elle décida d'aller tout de suite dans le jardin
Decise di andare subito in giardino
mais, hélas pour la pauvre Alice !
ma, ahimè per la povera Alice!
Elle arriva à la porte
Lei è arrivata alla porta
Mais elle avait oublié la petite clé d'or
ma aveva dimenticato la piccola chiave d'oro
Elle retourna à la table pour prendre la clé
Tornò al tavolo per prendere la chiave
Mais elle s'aperçut qu'elle ne pouvait pas atteindre assez haut
ma scoprì che non poteva arrivare abbastanza in alto
Elle pouvait voir la clé très distinctement à travers la vitre
Poteva vedere la chiave abbastanza chiaramente attraverso il vetro
Elle essaya de grimper sur les pieds de la table
Cercò di arrampicarsi sulle gambe del tavolo
Mais le verre était beaucoup trop glissant
ma il vetro era troppo scivoloso
Finalement, elle s'est fatiguée à essayer
Alla fine si stancò di provare
et la pauvre petite fille s'assit et pleura
E la povera bambina si sedette e pianse
Alice se parlait à elle-même assez vivement
Alice parlava a se stessa in modo piuttosto aspro
« Allons, ça ne sert à rien de pleurer comme ça ! »
"Vieni, è inutile piangere così!"
« Je vous conseille d'arrêter tout de suite ! »
"Ti consiglio di fermarti proprio in questo momento!"
Elle se donnait généralement de très bons conseils

In genere si dava ottimi consigli
bien qu'elle suivît très rarement ses propres conseils
anche se molto raramente seguiva il suo consiglio
Et elle était parfois trop dure envers elle-même
e a volte era troppo dura con se stessa
et ses paroles lui firent monter les larmes aux yeux
e le sue parole le fecero venire le lacrime agli occhi
Bientôt, son regard tomba sur une petite boîte en verre
Presto il suo occhio cadde su una piccola scatola di vetro
La petite boîte de verre était posée sous la table
La scatoletta di vetro giaceva sotto il tavolo
Dans la boîte en verre se trouvait un tout petit gâteau
Nella scatola di vetro c'era una torta molto piccola
Sur le gâteau, quelques mots étaient magnifiquement écrits
Sulla torta alcune parole erano scritte magnificamente
les mots avaient été marqués dans des groseilles
le parole erano state segnate in ribes
« MANGE-MOI »
"MANGIAMI"
« Eh bien, je vais manger le gâteau », dit Alice
«Ebbene, mangerò la torta», disse Alice
« et si le gâteau me fait grossir, je peux atteindre la clé »
"e se la torta mi fa ingrandire, posso raggiungere la chiave"
« et si le gâteau me fait rapetisser, je peux me glisser sous la porte »
"e se la torta mi fa rimpicciolire, posso infilarmi sotto la porta"
« Donc, de toute façon, j'irai dans le jardin »
"quindi in ogni caso entrerò in giardino"
« Et peu m'importe lequel des deux arrive ! »
"e non mi interessa quale dei due accada!"
Elle a mangé un peu du gâteau
Ha mangiato un po' della torta
et elle se parla anxieusement à elle-même :
e parlava ansiosamente a se stessa:
« Dans quel sens ? Dans quel sens ?
"Da che parte? Da che parte?"
et elle posa la main sur sa tête

e si tenne la mano sul capo

Elle voulait sentir de quelle façon elle grandissait

Voleva sentire in che modo stava crescendo

Elle fut très surprise de découvrir ce qui s'était passé

Era piuttosto sorpresa di scoprire cosa era successo

Elle était restée de la même taille !

Era rimasta della stessa taglia!

Cette fois, elle redoubla donc d'efforts

Così questa volta raddoppiò i suoi sforzi

Et bientôt, elle termina tout le gâteau

e presto finì tutta la torta

La mare de larmes

La pozza di lacrime

« Cela devient de plus en plus intéressant ! » s'écria Alice

«La cosa si fa sempre più interessante!» esclamò Alice

Vous pouvez voir qu'elle était très surprise

Si vede che era molto sorpresa

« Je m'ouvre comme le plus grand télescope qui ait jamais existé ! »

"Mi sto aprendo come il più grande telescopio che ci sia mai stato!"

« Au revoir, les pieds ! Oh, mes pauvres petits pieds"

«Addio, piedi! Oh, miei poveri piedini"

« Je me demande qui va vous mettre vos chaussures maintenant, mes chères ? »

«Mi chiedo chi vi metterà le scarpe per voi, adesso, miei cari?»

et je me demande qui mettra vos bas ?

«e mi chiedo chi ti metterà le calze?»

« Je serai beaucoup trop loin »

"Sarò molto troppo lontano"

« Je ne pourrai plus me soucier de toi »

"Non potrò più preoccuparmi di te"

Juste à ce moment, sa tête heurta quelque chose

Proprio in quel momento la sua testa urtò contro qualcosa

Elle avait atteint le toit de la salle

Aveva raggiunto il tetto della sala

En fait, elle mesurait maintenant plus de deux mètres

infatti, ora era alta più di due metri

et elle prit aussitôt la petite clef d'or

e subito prese la piccola chiave d'oro

et elle se précipita vers la porte du jardin

e si affrettò verso la porta del giardino

Pauvre Alice ! Il n'y avait pas grand-chose qu'elle pouvait faire

Povera Alice! Non c'era molto che potesse fare

Elle s'allongea sur le côté

si sdraiò su un fianco

et elle regarda d'un œil dans le jardin

e guardò attraverso il giardino con un occhio solo

Mais s'en sortir était plus désespéré que jamais

ma farcela era più disperato che mai

Elle s'est assise et a recommencé à pleurer

Si sedette e ricominciò a piangere

Elle a continué à verser des litres de larmes

Ha continuato a versare litri di lacrime

Bientôt, il y eut une grande flaque tout autour d'elle

Ben presto ci fu una grande piscina tutt'intorno a lei

et l'eau atteignait la moitié du couloir

e l'acqua arrivò a metà del corridoio

Au bout d'un moment, elle entendit un petit claquement de pieds

Dopo un po', sentì un piccolo picchiettio di piedi

Elle entendit les pas venir de loin

Sentì i piedi venire da lontano

et elle s'essuya vivement les yeux pour voir ce qui allait arriver

e si asciugò in fretta gli occhi per vedere cosa stava per succedere

C'était le retour du Lapin Blanc

Era il Bianconiglio che tornava

Il était magnifiquement vêtu

era vestito splendidamente

Il avait une paire de gants blancs dans une main

Aveva un paio di guanti bianchi in una mano

et il avait un grand éventail de plumes dans l'autre main

e nell'altra mano aveva un grande ventaglio di piume

Il arriva en trottinant en toute hâte

Venne trotterellando in gran fretta

et il murmura en lui-même : « Oh ! la duchesse, la duchesse !

e mormorò tra sé: "Oh! la duchessa, la duchessa!"

« Ah ! ne serait-elle pas sauvage si je l'ai fait attendre !

«Oh! non sarà selvaggia se l'ho fatta aspettare!»

Quand le Lapin s'approcha d'elle, Alice prit la parole
Quando il Coniglio le si avvicinò, Alice parlò
Mais elle parlait d'une voix basse et timide
ma parlava con voce bassa e timida
« Monsieur, s'il vous plaît, arrêtez ce que vous faites un instant »
"Signore, per favore smettila di fare quello che stai facendo per un momento"
Le Lapin sursauta violemment
Il Coniglio trasalì violentemente
Il laissa tomber les gants blancs et l'éventail de plumes
Lasciò cadere i guanti bianchi e il ventaglio di piume
et il s'enfuit dans les ténèbres aussi vite qu'il le put
e si affrettò via nell'oscurità più in fretta che poté
Alice ramassa l'éventail en plumes et les gants
Alice prese il ventaglio di piume e i guanti
Et elle n'arrêtait pas de s'éventer tout en parlant

e continuava a sventolarsi mentre continuava a parlare
« Cher, cher ! Comme tout est étrange aujourd'hui !
«Caro, caro! Com'è strano tutto oggi!"
« Hier, les choses se sont passées comme d'habitude »
"Ieri le cose sono andate avanti come al solito"
« Étais-je le même quand je me suis levé ce matin ? »
«Ero lo stesso quando mi sono alzato stamattina?»
« Mais si je ne suis pas le même, il y a une autre question »
"Ma se non sono lo stesso, c'è un'altra domanda"
« Qui suis-je ? »
"Chi diavolo sono io?"
« Ah, c'est le grand casse-tête ! »
"Ah, questo è il grande enigma!"
En disant cela, elle baissa les yeux sur ses mains
Mentre diceva questo, si guardò le mani
Elle portait l'un des petits gants blancs du lapin
Indossava uno dei piccoli guanti bianchi dei conigli
Elle n'avait pas remarqué qu'elle avait mis le gant en parlant
Non si era accorta di aver indossato il guanto mentre parlava
« Comment ai-je pu faire cela ? » a-t-elle pensé
«Come ho potuto farlo?» pensò
« Je dois redevenir petit »
"Devo diventare di nuovo piccolo"
Elle se leva et s'approcha de la table pour mesurer sa taille
Si alzò e andò al tavolo per misurare la sua altezza
Elle a découvert qu'elle mesurait maintenant environ un demi-mètre
Scoprì che ora era alta circa mezzo metro
et elle rétrécissait encore rapidement
e si stava ancora rimpicciolendo rapidamente
Elle découvrit rapidement quelle était la cause de ce rétrécissement
Presto scoprì qual era la causa del restringimento
L'éventail de plumes la rendait encore plus petite !
Il ventaglio di piume la stava rendendo di nuovo più piccola!
et elle laissa tomber l'éventail de plumes à la hâte
e lasciò cadere in fretta il ventaglio di piume

Elle laissa tomber l'éventail de plumes juste à temps pour se sauver

Lasciò cadere il ventaglio di piume appena in tempo per salvarsi

Si elle s'était éventée plus longtemps, elle se serait complètement retirée

Se si fosse sventolata più a lungo, si sarebbe ritirata completamente

« C'était une échappatoire de justesse ! » dit Alice

«È stata una fuga per un pelo!» disse Alice

et elle fut bien effrayée de ce changement soudain

e fu molto spaventata dall'improvviso cambiamento

mais elle était très heureuse de se trouver encore en existence

ma era molto contenta di ritrovarsi ancora in vita

« Et maintenant, en route pour le jardin ! »

«E ora, via in giardino!»

Et elle courut à toute vitesse vers la petite porte

E corse in tutta fretta verso la porticina

Mais, hélas ! La petite porte fut refermée

Ma, ahimè! La porticina fu chiusa di nuovo

et la petite clé d'or était de nouveau posée sur la table de verre

e la chiavetta d'oro giaceva di nuovo sul tavolo di vetro

« Les choses sont pires que jamais », pensa le pauvre enfant

"Le cose vanno peggio che mai," pensò la povera bambina

« Je n'ai jamais été aussi petit que ça auparavant, jamais ! »

"Non sono mai stato così piccolo prima, mai!"

En prononçant ces mots, son pied glissa

Mentre pronunciava queste parole, il suo piede scivolò

et un instant plus tard, il y eut une grande éclaboussure !

e in un altro momento c'è stato un grande tonfo!

Elle était dans l'eau salée jusqu'au menton

Era immersa nell'acqua salata fino al mento

Sa première idée fut qu'elle était tombée d'une manière ou d'une autre dans la mer

La sua prima idea fu che in qualche modo fosse caduta in

mare
Cependant, elle s'est vite rendu compte dans quoi elle se trouvait
Tuttavia, si rese presto conto di cosa si trovava
Elle était dans une mare de larmes
Era in una pozza di lacrime
les larmes qu'elle avait versées quand elle avait deux mètres de haut
le lacrime che aveva pianto quando era alta due metri

Juste à ce moment-là, elle entendit quelque chose
Proprio in quel momento sentì qualcosa
Quelque chose barbotait dans la mare
Qualcosa sguazzava in piscina
Les éclaboussures venaient d'un peu de loin
Gli schizzi provenivano da un po' lontano
et elle nagea plus près pour voir ce que c'était que les éclaboussures

e nuotò più vicino per vedere cosa fossero gli schizzi
Elle vit bientôt que ce n'était qu'une petite souris
Ben presto vide che era solo un topolino
La petite souris s'était également glissée dans l'eau
Anche il topolino era scivolato in acqua
Alice réfléchit à la situation
Alice pensò tra sé e sé alla situazione
« Serait-il utile de parler à cette souris ? »
«Sarebbe utile parlare con questo topo?»
« Tout est tellement à l'envers ici »
"Tutto è così sottosopra quaggiù"
« Je pense que c'est très probable que cette souris peut parler »
"Dovrei pensare che molto probabilmente questo topo può parlare"
« En tout cas, il n'y a pas de mal à essayer »
"In ogni caso, non c'è nulla di male a provarci"
Alors elle a commencé à essayer de parler à la souris
Così iniziò a cercare di parlare con il topo
« Oh Souris, sais-tu comment sortir de cette mare ? »
"Oh Mouse, conosci la via d'uscita da questa piscina?"
« Je suis bien fatigué de nager ici, ô souris ! »
«Sono molto stanco di nuotare qui, Oh Topo!»
La souris la regarda d'un air assez inquisiteur
Il topo la guardò con aria piuttosto curiosa
La souris semblait cligner de l'œil avec l'un de ses petits yeux
Il topo sembrava strizzare l'occhio con uno dei suoi occhietti
Mais la petite souris ne dit rien
ma il topolino non disse nulla
« Peut-être la souris ne comprend-elle pas l'anglais », pensa Alice
«Forse il topo non capisce l'inglese», pensò Alice
« J'ose dis-le que c'est une souris française »
"Oserei dire che è un topo francese"
« peut-être que cette souris est venue avec Guillaume le Conquérant »

"forse questo topo è venuto con Guglielmo il Conquistatore"
Alors elle a recommencé, en français
Così ricominciò, in francese
« Où est mon chat ? » a-t-elle demandé en français
"Dov'è il mio gatto?" chiese in francese
c'était la première phrase de son livre de leçons de français
era la prima frase del suo libro di lezioni di francese
La souris fit un saut soudain hors de l'eau
Il Topo fece un balzo improvviso fuori dall'acqua
et la souris semblait frémir de frayeur
e il topo sembrava tremare tutto per lo spavento
— Oh ! je vous demande pardon ! s'écria vivement Alice
«Oh, vi chiedo scusa!» esclamò Alice in fretta
Elle craignait d'avoir blessé les sentiments du pauvre animal
Aveva paura di aver ferito i sentimenti del povero animale
« J'oubliais que tu n'aimais pas les chats »
"Dimenticavo che non ti piacevano i gatti"
« Je n'aime pas les chats ! » cria la Souris d'une voix aiguë et passionnée
«Non mi piacciono i gatti!» esclamò il Topo con voce stridula e appassionata
« Voudrais-tu des chats, si tu étais moi ? »
"Ti piacerebbero i gatti, se fossi in me?"
Alice réconforta la souris d'un ton apaisant
Alice confortò il topo con un tono rassicurante
« Eh bien, peut-être que je n'aimerais pas non plus les chats si j'étais vous »
"Beh, forse non mi piacerebbero nemmeno i gatti se fossi in te"
« S'il vous plaît, ne soyez pas en colère à propos de la mention des chats »
"Per favore, non arrabbiatevi per la menzione dei gatti"
« Et pourtant, j'aimerais pouvoir te montrer notre chat Dinah »
"Eppure vorrei poterti mostrare la nostra gatta Dinah"
« Si vous la rencontriez, je pense que vous prendriez goût aux chats »
"Se la incontrassi penso che ti invagheresti dei gatti"

« Si seulement vous pouviez la voir »
"Se solo potessi vederla"
« Elle est une chose si chère et si calme »
"È una cosa così cara e tranquilla"
La souris tremblait de partout
Il topo tremava dappertutto
**Alice était certaine que la souris devait être vraiment
offensée**
Alice era certa che il topo si fosse davvero offeso
« On ne parlera plus d'elle, si tu préfères ne pas le faire »
"Non parleremo più di lei, se preferisci di no"
« Nous, en effet ! » s'écria la Souris
«Noi, davvero!» gridò il Topo
La souris tremblait jusqu'au bout de sa queue
Il topo tremava fino alla fine della coda
« Comme si je voulais parler d'un tel sujet ! »
«Come se dovessi parlare di un argomento del genere!»
« Notre famille a toujours détesté les chats »
"La nostra famiglia ha sempre odiato i gatti"
"Les chats ; des choses méchantes, basses, vulgaires !
"gatti; cose brutte, basse, volgari!"
« Ne me laissez plus entendre le nom ! »
"Non farmi sentire di nuovo quel nome!"
— Je ne parlerai plus des chats, en effet, dit Alice
«Non parlerò più di gatti!» disse Alice
Elle était très pressée de changer de sujet
Aveva una gran fretta di cambiare argomento
"Êtes-vous... Aimez-vous les chiens ?
"Sei... Ti piacciono i cani?"
« Il y a un petit chien si gentil près de notre maison, »
"C'è un cagnolino così simpatico vicino a casa nostra,"
« Je voudrais te montrer le petit chien ! »
"Vorrei mostrarti il cagnolino!"
"Ce petit chien tue tous les rats et...
"Questo cagnolino uccide tutti i topi e...
« Oh ! mon Dieu ! » s'écria Alice d'un ton triste
«Oh, mio Dio!» esclamò Alice in tono addolorato

« J'ai peur de t'avoir encore offensé ! »
«Temo di averti offeso di nuovo!»
La souris nageait loin d'elle aussi vite qu'elle le pouvait
Il topo nuotava via da lei il più velocemente possibile
et la souris fit tout un vacarme dans la mare
e il topo fece un bel trambusto in piscina
Alors elle appela doucement la souris
Così chiamò dolcemente il topo
« Ma chère souris, s'il vous plaît, revenez ! »
"Mio caro topo, per favore torna indietro!"
« Et nous ne parlerons pas des chats »
"E non parleremo di gatti"
« Et nous n'avons pas non plus besoin de parler des chiens »
"E non dobbiamo nemmeno parlare di cani"
Quand la souris entendit cela, elle se retourna
Quando il topo sentì ciò, si voltò
et la petite souris nagea lentement vers elle
e il topolino nuotò lentamente verso di lei
Le visage de la souris était assez pâle
Il viso del topo era piuttosto pallido
et la souris parla d'une voix basse et tremblante
e il topo parlò, con voce bassa e tremante
« Allons à la rive »
"Arriviamo alla riva"
« et ensuite je vous raconterai mon histoire »
"e poi ti racconto la mia storia"
« et vous comprendrez pourquoi c'est moi qui déteste les chats et les chiens »
"e capirai perché odio cani e gatti"
Il était grand temps de partir
Era giunto il momento di partire
parce que la piscine devenait assez bondée
perché la piscina stava diventando piuttosto affollata
D'autres oiseaux et animaux étaient tombés dans la mare
Altri uccelli e animali erano caduti nella piscina
il y avait un Canard et un Dodo
c'erano un Duck e un Dodo

et il y avait un oiseau Lory et un aiglon
e c'erano un uccello Lori e un Aquilotto
et il y avait plusieurs autres créatures intéressantes
E c'erano molte altre creature dall'aspetto interessante
Alice a ouvert la voie à la sortie de la piscine
Alice aprì la via d'uscita dalla piscina
et toute la troupe des animaux nagea jusqu'au rivage
e l'intero gruppo di animali nuotò fino alla riva

Une course de caucus et une longue traîne

Una corsa al caucus e una lunga coda

C'était en effet une bande d'animaux à l'allure amusante

Erano davvero un gruppo di animali dall'aspetto buffo

et ils se rassemblèrent tous sur le bord de l'eau

e tutti si radunarono sulla riva dell'acqua

Les oiseaux avaient tous des plumes débraillées

gli uccelli avevano tutti le piume arruffate

et les animaux à fourrure étaient trempés

e gli animali pelosi erano fradici

et tous étaient trempés, agacés et mal à l'aise

e tutti gocciolavano bagnati, infastiditi e a disagio

Il y avait une question à laquelle il fallait répondre en premier

C'era una domanda a cui bisognava rispondere per prima

Quelle est la meilleure façon pour tout le monde de se sécher ?

Qual è il modo migliore per tutti di asciugarsi?

Ils ont tenu une consultation à ce sujet

Hanno avuto una consultazione su questa questione

Bientôt, ils furent tous en bons termes
Ben presto furono tutti in rapporti familiari
C'était comme si elle les avait connus toute sa vie
Era come se li conoscesse da tutta la vita
La souris semblait être une personne d'une certaine autorité
Il topo sembrava essere una persona di una certa autorità
« Asseyez-vous, vous tous, et écoutez-moi ! »
"Sedetevi, tutti voi, e ascoltatemi!
« Je vais bientôt vous faire sécher à nouveau ! »
"Presto vi farò asciugare di nuovo!"
Ils s'assirent tous en même temps, dans un grand cercle
Si sedettero tutti insieme, in un grande cerchio
et la petite souris s'assit au milieu
e il topolino si sedette nel mezzo
« Hum ! » dit la souris d'un air important
«Ehm!» disse il topo con aria importante
« Êtes-vous tous prêts ? »
"Siete tutti pronti?"
« C'est la chose la plus sèche que je connaisse »
"Questa è la cosa più secca che conosca"
« Silence tout autour, s'il vous plaît ! »
«Silenzio tutto intorno, per favore!»
« Guillaume le Conquérant était favorisé par le pape »
"Guglielmo il Conquistatore fu favorito dal papa"
« mais il fut bientôt soumis par les Anglais »
"ma fu presto sottomesso dagli inglesi"
« Ils voulaient des leaders ces derniers temps »
"Volevano leader negli ultimi tempi"
« et ils avaient été habitués au pouvoir et à la conquête »
"Ed erano abituati al potere e alla conquista"
« Edwin et Morcar, les comtes de Mercie et de Northumbrie »
"Edwin e Morcar, i conti di Mercia e Northumbria"
« Pouah ! » dit l'oiseau lori, avec un frisson
«Uffa!» disse l'uccello lori, con un brivido
« et même Stigand, l'archevêque patriote de Cantorbéry »
"e persino Stigand, l'arcivescovo patriottico di Canterbury"

« Il l'a également trouvé opportun »

"Anche lui lo trovò consigliabile"

« Qu'a-t-il trouvé à propos ? » dit le canard

«Che cosa ha trovato consigliabile?» disse l'anatra

— Il l'a trouvé opportun, répondit la souris d'un ton un peu contrarié

«L'ha trovato consigliabile» rispose il topo piuttosto irritato

Mais le canard n'était pas satisfait

ma l'anatra non era soddisfatta

« Bien sûr, vous savez ce que 'it' signifie »

"Certo, sai cosa significa 'esso'"

« Je sais ce que c'est quand je trouve quelque chose », dit le canard

«So cos'è quando trovo una cosa», disse l'anatra

« C'est généralement une grenouille ou un ver »

"Generalmente è una rana o un verme"

« La question est de savoir ce que l'archevêque a trouvé ?

"La domanda è: cosa ha trovato l'arcivescovo?"

La souris n'a pas remarqué cette question

Il topo non si è accorto di questa domanda

Au lieu de cela, la souris continua précipitamment son discours

Invece, il topo proseguì in fretta con il discorso

« il a jugé opportun d'aller avec Edgar Atheling »

"ha trovato consigliabile andare con Edgar Atheling"

« pour rencontrer Guillaume et lui offrir la couronne »

"per incontrare Guglielmo e offrirgli la corona"

la souris continua, se tournant vers Alice pendant qu'elle parlait

il topo continuò, voltandosi verso Alice mentre parlava

« Comment allez-vous maintenant, ma chère ? »

«Come te la cavi adesso, mia cara?»

— Aussi mouillée que jamais, dit Alice d'un ton mélancolique

«Bagnata come sempre», disse Alice in tono malinconico

« Cette histoire n'a pas l'air de me tarir du tout »

"Questa storia non sembra asciugarmi affatto"

— **Dans ce cas, dit solennellement le dodo en se levant**
«In tal caso», disse solennemente il dodo, alzandosi in piedi
« Je vote pour l'ajournement de la séance »
"Voto per l'aggiornamento della riunione"
« et je propose l'adoption immédiate de remèdes plus énergiques »
"e propongo l'adozione immediata di rimedi più energici"
« Dis des paroles vraies ! » dit l'aiglon
"Dì parole vere!" disse l'aquilotto
« Je ne connais pas le sens de la moitié de ces longs mots »
"Non conosco il significato di metà di quelle lunghe parole"
et, qui plus est, je ne crois pas que vous le sachiez non plus !
«e, per di più, non credo che lo sappiate nemmeno voi!»
— **Ce que j'allais dire, dit le dodo d'un ton offensé**
«Quello che stavo per dire» disse il dodo in tono offeso
« La meilleure chose à faire pour nous sécher serait une course au caucus »
"La cosa migliore per farci asciugare sarebbe una gara di caucus"
« Qu'est-ce qu'une course de caucus ? » demanda Alice
«Che cos'è una corsa al caucus?» chiese Alice

« Eh bien, » dit le dodo, « la meilleure façon de l'expliquer, c'est de le faire »

"Beh," disse il dodo, "il modo migliore per spiegarlo è farlo."

« D'abord, le dodo a tracé un parcours »

"Per prima cosa il dodo ha tracciato un percorso di gara"

« La piste était dans une sorte de cercle »

"La pista era in una sorta di cerchio"

« Et puis tout le groupe a été placé le long du parcours »

"e poi tutto il gruppo è stato posizionato lungo il percorso"

Il n'y avait pas de « Un, deux, trois et c'est parti ! »

Non c'era nessun "Uno, due, tre e via!"

Mais ils ont commencé à courir quand ils voulaient

ma hanno iniziato a correre quando gli piaceva

et ils finissaient aussi quand ils le voulaient

e finivano anche quando volevano

Il n'était donc pas facile de savoir quand la course était terminée

Quindi non era facile sapere quando la gara era finita

Après environ une demi-heure de course, ils étaient tous assez secs

Dopo circa mezz'ora di corsa erano tutti abbastanza asciutti

le dodo s'écria soudain : « La course est finie ! »

il dodo gridò all'improvviso: "La gara è finita!"

Et ils se pressèrent tous autour du Dodo

e tutti si affollarono intorno al dodo

Tous les animaux haletaient et soufflaient

Tutti gli animali ansimavano e sbuffavano

et tous voulaient savoir : « Mais qui a gagné ? »

e tutti volevano sapere: "Ma chi ha vinto?".

Le dodo ne pouvait pas répondre immédiatement à cette question

A questa domanda il dodo non seppe rispondere immediatamente

D'abord, il a dû beaucoup réfléchir

Prima dovette riflettere molto

Après mûre réflexion, le dodo finit par parler

Dopo aver riflettuto a lungo, il Dodo finalmente parlò

« Tout le monde a gagné, et tous doivent avoir des prix »
"Tutti hanno vinto, e tutti devono avere dei premi"
« Mais qui doit donner les prix ? » demanda un chœur de voix
«Ma chi darà i premi?» chiese un coro di voci
— Eh bien, elle, bien sûr, dit le dodo
«Beh, lei, naturalmente» disse il dodo
et le dodo pointa d'un doigt vers Alice
e il dodo indicò con un dito Alice
et toute la troupe des animaux se pressait autour d'elle
e tutta la comitiva di animali si affollava intorno a lei
ils ont crié, d'une manière confuse : « Des prix ! Des prix !
gridarono, in modo confuso: "Premi! Premi!"
Alice n'avait aucune idée de ce qu'elle devait faire
Alice non aveva idea di cosa fare
Désespérée, elle mit la main dans sa poche
disperata si mise la mano in tasca
Et elle en sortit une boîte de bonbons
e tirò fuori una scatola di dolci
Heureusement, l'eau salée n'était pas entrée dans la boîte
per fortuna l'acqua salata non era entrata nella scatola
et elle a distribué les bonbons comme prix
e porse i dolci in giro come premi
Il y avait exactement une pièce pour tout le monde
C'era esattamente un pezzo per tutti
La prochaine chose qu'ils devaient faire était de manger les bonbons
La prossima cosa che dovevano fare era mangiare i dolci
Cela a causé du bruit et de la confusion
Questo ha causato un po' di rumore e confusione
Les grands oiseaux se plaignaient de ne pas pouvoir goûter leurs bonbons
I grandi uccelli si lamentavano di non poter assaggiare i loro dolci
Les petits s'étouffaient et devaient être tapotés dans le dos
I piccoli si soffocavano e dovevano essere accarezzati sulla schiena

Cependant, c'était enfin fini
Tuttavia, alla fine era finita
Et ils se rassirent en cercle
e si sedettero di nuovo in cerchio
et ils supplièrent la souris de leur dire quelque chose de plus
e pregarono il topo di dire loro qualcosa di più
— Vous m'avez promis de me raconter votre histoire, vous savez, dit Alice
«Mi hai promesso di raccontarmi la tua storia, lo sai», disse Alice
et elle fit une autre petite remarque sur les chats à voix basse
E fece un'altra piccola osservazione sui gatti in un sussurro
Elle ne voulait pas offenser à nouveau la souris
Non voleva offendere di nuovo il topo
la petite souris se tourna vers Alice et soupira
il topolino si voltò verso Alice e sospirò
« Ma conte est long et triste ! »
"La mia è una storia lunga e triste!"
— C'est une longue queue, certainement, dit Alice
«È una lunga coda, certamente» disse Alice
et elle baissa les yeux avec étonnement sur la queue de la souris
E guardò con meraviglia la coda del topo
« Mais pourquoi appelez-vous cela une queue triste ? »
"Ma perché la chiami coda triste?"
Et elle n'arrêtait pas de s'interroger à ce sujet pendant que la souris parlait
E continuava a chiedersi mentre il topo parlava
de sorte que son idée de l'histoire était quelque chose comme ceci
così che la sua idea del racconto era qualcosa del genere

"Fury said to
a mouse, That
he met in the
house, 'Let
us both go
to law: *I*
will prosecute
you.—
Come, I'll
take no denial:
We must have
the trial;
For really
this morning
I've
nothing
to do.'
Said the
mouse to
the cur,
'Such a
trial, dear
sir, With
no jury
or judge,
would
be wasting
our
breath.'
'I'll be
judge,
I'll be
jury,'
said
cunning
old
Fury;
'I'll
try
the
whole
cause,
and
condemn
you to
death.'"

Fury dit à une souris : Qu'il s'est rencontré dans la maison.
Furia disse a un topo: "Che si è incontrato in casa"
Allons tous les deux en justice, je vous poursuivrai
Andiamo entrambi in tribunale: ti perseguirò
Allons, je n'accepterai aucun démenti : il faut que nous fassions l'épreuve
Vieni, non accetterò alcuna negazione: dobbiamo avere il processo
Car vraiment ce matin je n'ai rien à faire

Perché davvero stamattina non ho niente da fare
Dit la souris au maudit ;
Disse il topo al maledetto;
**Un tel procès, cher monsieur, sans jury ni juge, nous ferait
perdre notre souffle**
Un processo del genere, caro signore, senza giuria o giudice, ci
farebbe perdere il fiato
« Je serai juge, je serai jury », dit le vieux rusé Fury
«Sarò giudice, sarò giuria» disse l'astuto vecchio Fury
Je vais juger toute la cause, et je vous condamnerai à mort
Proverò tutta la causa e ti condannerò a morte
la souris parla sévèrement à Alice
il topo parlò severamente ad Alice
« Tu ne fais pas attention ! »
"Non stai prestando attenzione!"
« À quoi pensez-vous ? »
"A cosa stai pensando?"
— Je vous demande pardon, dit Alice très humblement
«Vi chiedo scusa», disse Alice molto umilmente
« Tu étais arrivé au cinquième virage, je crois ? »
«Eri arrivato alla quinta curva, credo?»
« Vous m'insultez en disant de telles bêtises ! »
"Mi insulti dicendo queste sciocchezze!"
Et la souris se leva et s'éloigna
e il topo si alzò e se ne andò
Alice appela la petite souris
Alice chiamò il topolino
« S'il vous plaît, revenez et terminez votre histoire ! »
"Per favore, torna e finisci la tua storia!"
Et les autres se joignirent tous en chœur
E gli altri si unirono tutti in coro
« Oui, s'il vous plaît, terminez votre histoire ! »
"Sì, per favore, finisci la tua storia!"
Mais la souris se contenta de secouer la tête avec impatience
Ma il topo scosse la testa con impazienza
et la petite souris marchait un peu plus vite
e il topolino camminò un po' più in fretta

« Je voudrais bien avoir Dinah, notre chat, ici ! » dit Alice
«Vorrei avere qui Dinah, la nostra gatta!» disse Alice
Cela provoqua une sensation remarquable parmi le parti
Ciò causò una notevole sensazione tra il partito
Quelques-uns des oiseaux se hâtèrent de s'éloigner
Alcuni uccelli si affrettarono ad andarsene subito
et un canari appela d'une voix tremblante ses enfants ;
e un canarino chiamò con voce tremante i suoi figli;
« Allez-vous-en, mes chères ! »
"Venite via, miei cari!"
« Il est grand temps que vous soyez tous au lit ! »
"È giunto il momento che siate tutti a letto!"
Avec diverses excuses, ils sont tous partis
con varie scuse se ne andarono tutti
et Alice se retrouva bientôt seule
e Alice fu presto lasciata sola
« J'aurais aimé ne pas avoir mentionné Dinah ! »
«Vorrei non aver menzionato Dinah!»
« Personne n'a l'air de l'aimer ici »
"Sembra che non piaccia a nessuno quaggiù"
« Mais je suis sûr que c'est la meilleure chatte du monde ! »
"ma sono sicuro che è il miglior gatto del mondo!"
La pauvre Alice se remit à pleurer
La povera Alice ricominciò a piangere
parce qu'elle se sentait très seule et déprimée
perché si sentiva molto sola e di cattivo umore
**Au bout de peu de temps, cependant, elle entendit de
nouveau quelque chose**
Dopo un po', però, sentì di nuovo qualcosa
un petit bruit de pas au loin
un piccolo scalpiccio di passi in lontananza
et elle leva les yeux avec impatience
e alzò gli occhi con impazienza

Le lapin envoie le petit M. Bill
Il coniglio manda dentro il piccolo Mr Bill

C'était le lapin blanc, qui revenait lentement au trot

Era il coniglio bianco, che trotterellava lentamente di nuovo indietro

Il regardait anxieusement autour de lui en chemin

Si guardava intorno ansiosamente mentre se ne andava

Il avait l'air d'avoir perdu quelque chose

sembrava che avesse perso qualcosa

Alice l'entendit marmonner pour lui-même

Alice lo sentì borbottare tra sé e sé

— La duchesse ! La Duchesse ! Oh, mes chères pattes !

"La duchessa! La Duchessa! Oh, mie care zampe!"

« Oh, ma fourrure et mes moustaches ! »

"Oh, la mia pelliccia e i miei baffi!"

« Elle va me faire exécuter, j'en suis sûr »

"Mi farà giustiziare, ne sono sicuro"

« Aussi sûr que les furets sont des furets ! »

"Proprio come i furetti sono furetti!"

« Où ai-je pu laisser tomber mes affaires, je me demande ? »

«Dove posso aver lasciato cadere le mie cose, mi chiedo?»

Alice devina en un instant ce qu'il cherchait

Alice indovinò in un attimo cosa stava cercando
Il cherchait l'éventail de plumes
Stava cercando il ventaglio di piume
et il cherchait la paire de gants blancs
e stava cercando il paio di guanti bianchi
Elle se mit donc très gentiment à chercher les gants
Così si mise molto bonariamente a cercare i guanti
Et elle chercha aussi l'éventail de plumes
e anche lei cercò il ventaglio di piume
Mais les gants et l'éventail de plumes étaient introuvables
Ma i guanti e il ventaglio di piume non si vedevano da
nessuna parte
**Tout semblait avoir changé depuis sa baignade dans la
piscine**
Tutto sembrava essere cambiato da quando aveva nuotato in
piscina
Rien n'était pareil depuis qu'elle était dans la grande salle
Niente era più lo stesso da quando era stata nella Sala Grande
et la table de verre avait disparu
e il tavolo di vetro era svanito
Et la petite porte n'était pas là non plus
E nemmeno la porticina c'era
Très vite, le lapin remarqua Alice
Ben presto il coniglio notò Alice
Il l'appela d'un ton furieux
La chiamò in tono arrabbiato
« Mary Ann, que fais-tu ici ? »
"Mary Ann, cosa ci fai qui?"
« Rentre chez toi à l'instant même »
"Corri a casa in questo momento"
**« Et apporte-moi une paire de gants et un éventail de plumes
! »**
"E portami un paio di guanti e un ventaglio di piume!"
« Et faites vite ! »
"E fai in fretta!"
Alice se parlait à elle-même en s'enfuyant
Alice parlava a se stessa mentre correva via

— Il a dû me prendre pour sa femme de chambre !

«Deve avermi scambiata per la sua cameriera!»

« Comme il sera surpris quand il découvrira qui je suis ! »

«Come sarà sorpreso quando scoprirà chi sono!»

En disant cela, elle tomba sur une petite maison soignée

Mentre diceva questo, si imbatté in una casetta ordinata

Sur la porte de la maison se trouvait une plaque de laiton brillant

Sulla porta della casa c'era una targa di ottone lucido

« W. LAPIN »

"W. CONIGLIO"

Elle entra sans frapper à la porte

Entrò senza bussare alla porta

et elle se hâta de monter l'escalier

e si affrettò a salire le scale

elle craignait de rencontrer la vraie Mary Ann

era preoccupata di poter incontrare la vera Mary Ann

parce qu'alors elle serait chassée de la maison

perché allora sarebbe stata cacciata di casa

et elle ne pourrait pas trouver l'éventail de plumes et les gants

E non sarebbe stata in grado di trovare il ventaglio di piume e i guanti

Alice s'était frayé un chemin dans une petite pièce bien rangée

Alice aveva trovato la strada in una stanzetta ordinata

Dans la pièce, il y avait une table près de la fenêtre

Nella stanza c'era un tavolo vicino alla finestra

et sur la table, il y avait un éventail de plumes

e sul tavolo c'era un ventaglio di piume

et il y avait deux ou trois paires de petits gants blancs

e c'erano due o tre paia di minuscoli guanti bianchi

Elle ramassa l'éventail en plumes et une paire de gants

Raccolse il ventaglio di piume e un paio di guanti

et elle allait quitter la pièce

e stava per lasciare la stanza

mais alors ses yeux tombèrent sur une petite bouteille

ma poi i suoi occhi caddero su una bottiglietta

Elle déboucha la bouteille et la porta à ses lèvres
Stappò la bottiglia e se la portò alle labbra

« J'espère que cela me fera redevenir grand »
"Spero davvero che mi faccia crescere di nuovo"

« J'en ai marre d'être une toute petite chose ! »
"Sono stanca di essere una cosa così piccola!"

Alice avait à peine bu la moitié de la bouteille
Alice aveva bevuto a malapena metà della bottiglia

Sa tête était déjà appuyée contre le plafond
La sua testa stava già premendo contro il soffitto

et elle dut se baisser
E ha dovuto chinarsi

pour sauver son cou d'être brisé
per salvare il suo collo dalla rottura

Elle posa précipitamment la bouteille
Posò in fretta la bottiglia

« C'est bien assez »
"Basta"

« J'espère que je ne grandirai plus »
"Spero di non crescere più"

Hélas! Il était trop tard pour souhaiter cela !
Ahimé! Era troppo tardi per augurarlo!

Elle n'a cessé de grandir
Ha continuato a crescere e crescere

et très vite elle dut s'agenouiller sur le sol
e ben presto dovette inginocchiarsi sul pavimento

Et même alors, elle a continué à grandir
e anche allora continuava a crescere

Comme dernière ressource, elle passa un bras par la fenêtre
Come ultima risorsa mise un braccio fuori dalla finestra

et elle mit un pied dans la cheminée
e mise un piede su per il camino

« Maintenant, je ne peux plus faire, quoi qu'il arrive »
"Ora non posso più fare, qualunque cosa accada"

« Que vais-je devenir ? »
"Che ne sarà di me?"

Alice a eu un peu de chance
Alice ha avuto un po' di fortuna
La petite bouteille magique avait fait son plein effet
La bottiglietta magica aveva avuto tutto il suo effetto
et Alice ne grandit pas plus qu'elle n'était
e Alice non crebbe più di quanto non fosse
Au bout de quelques minutes, elle entendit une voix à l'extérieur
Dopo qualche minuto sentì una voce fuori
et elle s'arrêta pour écouter la voix
e si fermò ad ascoltare la voce
« Mary Ann ! Mary Ann ! dit la voix
«Mary Ann! Mary Ann!» disse la voce
« Apporte-moi mes gants tout de suite ! »
"Portami i miei guanti in questo momento!"
Puis vint un petit claquement de pieds dans l'escalier
Poi venne un piccolo picchiettio di piedi sulle scale
Alice savait que c'était le lapin qui venait la chercher
Alice sapeva che era il coniglio che veniva a cercarla
et elle trembla jusqu'à faire trembler la maison

e tremò fino a scuotere la casa
elle oublia tout à fait quelles étaient ses proportions
Aveva completamente dimenticato quali fossero le sue
proporzioni
Elle était mille fois plus grosse que le lapin
Era mille volte più grande del coniglio
et elle n'avait aucune raison d'avoir peur d'un lapin
e non aveva motivo di aver paura di un coniglio
Bientôt le lapin s'approcha de la porte
Di lì a poco il coniglio si avvicinò alla porta
et le petit lapin essaya d'ouvrir la porte
e il coniglietto cercò di aprire la porta
La porte a commencé à s'ouvrir vers l'intérieur
La porta iniziò ad aprirsi verso l'interno
mais le coude d'Alice était fortement appuyé contre la porte
ma il gomito di Alice era premuto con forza contro la porta
Cette tentative s'est avérée un échec
Quel tentativo si è rivelato un fallimento
Alice entendit le lapin se parler à lui-même
Alice sentì il coniglio parlare da solo
« Ensuite, je vais faire le tour et entrer par la fenêtre »
"Allora vado in giro ed entro dalla finestra"
« Que tu ne le feras pas ! » pensa Alice
«Non lo farai!» pensò Alice
Et elle attendit encore un peu
e aspettò ancora un po'
Bientôt, elle entendit le lapin juste sous la fenêtre
Poco dopo sentì il coniglio proprio sotto la finestra
Elle étendit soudain la main
All'improvviso allargò la mano
et elle fit une prise en l'air
e fece uno strappo in aria
Elle n'a rien attrapé
Non si è impossessata di nulla
mais elle entendit un petit cri et une chute
ma sentì un piccolo grido e una caduta
et elle entendit un fracas de verre brisé

e sentì uno schianto di vetri rotti
Peut-être le lapin était-il tombé
Forse il coniglio era caduto
Peut-être était-il dans une serre
forse era in una serra
Puis vint une voix en colère ; La voix du lapin
Poi giunse una voce arrabbiata; La voce del coniglio
« Pat, où es-tu ? »
"Pat, dove sei?"
Et puis vint une voix qu'elle n'avait jamais entendue auparavant
E poi arrivò una voce che non aveva mai sentito prima
« Votre honneur, je suis là ! »
"Vostro onore, sono qui!"
« Je creuse pour trouver des pommes »
"Sto scavando in cerca di mele"
« Ici ! Venez m'aider à m'en sortir !
"Ecco! Vieni ad aiutarmi a uscire da questa situazione!"
« Maintenant, dis-moi, Pat, qu'est-ce qu'il y a dans la fenêtre ? »
«Adesso dimmi, Pat, che cosa c'è nella finestra?»
« Bien sûr, Votre Honneur, je vais vous le dire »
"Certo, vostro onore, ve lo dirò"
« C'est un bras qui est dans la fenêtre ! »
"È un braccio che è nella finestra!"
« Eh bien, un bras n'a rien à faire là-bas »
"Beh, un braccio non ha nulla da fare lì"
« Va et enlève le bras ! »
"Va' e porta via il braccio!"
Il y eut un long silence après cela
Dopo questo ci fu un lungo silenzio
et Alice n'entendait que des chuchotements de temps en temps
e Alice sentiva solo sussurri di tanto in tanto
et enfin elle étendit de nouveau la main
e alla fine allargò di nuovo la mano
et elle fit une autre arrachée dans les airs

e fece un altro strappo in aria
Cette fois, il y eut deux petits cris
Questa volta ci sono state due piccole grida
et il y avait d'autres bruits de verre brisé
e c'erano altri rumori di vetri rotti
« Je me demande ce qu'ils vont faire ensuite ! » pensa Alice
«Chissà che cosa faranno dopo!» pensò Alice
« J'aimerais qu'ils me tirent par la fenêtre »
"Vorrei che mi tirassero fuori dalla finestra"
Elle attendit un certain temps
Ha aspettato un po' di tempo
Mais pendant un moment, elle n'entendit plus rien
ma per un po' non sentì più nulla
Enfin, il y eut un grondement de petites roues
Alla fine arrivò un rombo di piccole ruote
et il y eut le son d'un bon nombre de voix
e giunse il suono di un bel po' di voci
Toutes les voix parlaient ensemble
Tutte le voci parlavano tra loro
Elle pouvait distinguer certaines des paroles
Riusciva a distinguere alcune delle parole
« Où est l'autre échelle ? »
"Dov'è l'altra scala?"
« Bill a l'autre échelle »
"Bill ha l'altra scala"
« Bill, viens ici ! »
«Bill, vieni qui!»
« Le toit va-t-il supporter le fardeau ? »
"Il tetto sopporterà il carico?"
« Qui veut descendre par la cheminée ? »
"Chi vuole scendere dal camino?"
— Non, je ne le ferai pas ! Vous le faites !
«No, non lo farò! Fallo tu!"
« Tiens, Bill ! »
«Ecco, Bill!»
« Le maître dit qu'il faut descendre par la cheminée ! »
«Il padrone dice che devi scendere dal camino!»

Alice descendit son pied aussi loin qu'elle le put dans la cheminée

Alice tirò il piede giù per il camino il più possibile

Et puis elle attendit de voir ce qui allait arriver

E poi aspettò di vedere cosa stava per succedere

Elle entendit un petit animal gratter et se débattre

Sentì un animaletto graffiare e arrampicarsi

Le petit animal doit être dans la cheminée

l'animaletto deve essere nel camino

Puis elle donna un coup de pied sec

Poi diede un calcio secco

et elle attendit de voir ce qui allait se passer ensuite

E aspettò di vedere cosa sarebbe successo dopo

Elle entendit un chœur général de voix

Sentì un coro generale di voci

« Voilà Bill ! » dirent-ils tous

«Ecco Bill!» dissero tutti

Puis elle entendit la voix du lapin seule

Poi sentì la voce del coniglio da sola

« Toi par la haie, attrape-le ! »

"Tu vicino alla siepe, prendilo!"

Il y eut un autre moment de silence

Ci fu un altro momento di silenzio

Et puis il y eut une autre confusion de voix

E poi c'è stata un'altra confusione di voci

« Lève la tête, Brandy »

"Alza la testa, Brandy"

« Attention à ne pas l'étouffer »

"Attenzione a non soffocarlo"

« Qu'est-ce qui t'est arrivé ? »

"Che cosa ti è successo?"

Enfin, une petite voix faible et grinçante est apparue

Per ultimo arrivò una voce un po' debole e stridula

« Eh bien, je n'en sais presque pas plus »

"Beh, non so quasi più"

« merci à tous, je vais mieux maintenant »

"grazie a tutti, ora sto meglio"

« il y a une chose dont je peux me souvenir »
"C'è una cosa che riesco a ricordare"
« Quelque chose vient à moi comme un train dans un tunnel »
"Qualcosa mi viene addosso come un treno in un tunnel"
« Et je vole comme une fusée ! »
"e su volo come un razzo del cielo!"
Il y eut une minute ou deux de silence
Ci sono stati un minuto o due di silenzio
puis ils ont recommencé à se déplacer
e poi ripresero a muoversi
et Alice entendit de nouveau le Lapin parler
e Alice sentì di nuovo parlare il Coniglio
« Une brouette fera l'affaire, pour commencer »
"Va bene una carriola, tanto per cominciare"
« Une brouette pleine de quoi ? » pensa Alice
«Un mucchio di che cosa?» pensò Alice
Mais elle ne fut pas tenue en suspens longtemps
Ma non fu tenuta con il fiato sospeso a lungo
Une pluie de petits cailloux est passée par la fenêtre
Una pioggia di sassolini entrava dalla finestra
et quelques petits cailloux l'ont frappée au visage
e alcuni dei piccoli sassolini la colpirono in faccia
Alice fut surprise par les petits cailloux
Alice era sorpresa dai piccoli sassolini
Tous les petits cailloux se transformaient en gâteaux
Tutti i sassolini si stavano trasformando in torte
et une idée lumineuse lui vint à l'esprit
e un'idea brillante le venne in mente
« Je devrais manger un de ces gâteaux »
"Dovrei mangiare una di queste torte"
« Le gâteau ne manquera pas de faire changer ma taille »
"La torta farà sicuramente qualche cambiamento nella mia taglia"
Alors elle a avalé l'un des gâteaux
Così ingoiò una delle torte
et elle fut ravie de constater qu'elle commençait à rétrécir

E fu felice di scoprire che cominciò a rimpicciolirsi
Bientôt, elle fut assez petite pour franchir la porte
Ben presto fu abbastanza piccola da passare attraverso la porta
Elle s'est enfuie de la maison
Corse fuori di casa
Une foule de petits animaux et d'oiseaux attendaient dehors
Una folla di animaletti e uccelli aspettava fuori
tous les petits oiseaux et les petits animaux se précipitèrent sur Alice
tutti gli uccellini e gli animali si precipitarono verso Alice
Mais elle s'enfuit aussi vite qu'elle le put
ma corse via più in fretta che poté
et bientôt elle se trouva en sécurité dans un bois épais
e ben presto si ritrovò al sicuro in un fitto bosco
Alice errait dans les bois
Alice vagava per il bosco
Et elle pensa en elle-même :
E pensò tra sé:
« Je sais ce que je dois faire en premier »
"So cosa devo fare per primo"
« Je dois d'abord grandir à ma bonne taille »
"prima devo crescere di nuovo alla mia giusta dimensione"
« et puis je dois trouver mon chemin dans ce joli jardin »
"e poi devo trovare la mia strada in quel bel giardino"
« Je suppose que je devrais manger ou boire quelque chose ou autre »
"Suppongo che dovrei mangiare o bere qualcosa o quello"
« Mais la question est de savoir ce que je dois manger ou boire ? »
"ma la domanda è: cosa dovrei mangiare o bere?"
Alice regarda tout autour d'elle les fleurs
Alice guardò i fiori intorno a sé
et elle regarda à travers les brins d'herbe
e guardò attraverso i fili d'erba
mais elle ne voyait rien à manger ni à boire
ma non riusciva a vedere nulla da mangiare o da bere
Rien ne semblait être la bonne chose à manger ou à boire

niente sembrava la cosa giusta da mangiare o bere
Il y avait un gros champignon qui poussait près d'elle
C'era un grosso fungo che cresceva vicino a lei
le champignon était à peu près de la même taille qu'Alice
il fungo era all'incirca della stessa altezza di Alice
Elle s'étira sur la pointe des pieds
Si stiracchiò in punta di piedi
Et elle jeta un coup d'œil par-dessus le bord du champignon
e sbirciò oltre il bordo del fungo
**Ses yeux rencontrèrent immédiatement les yeux d'une
grande chenille bleue**
I suoi occhi incontrarono subito gli occhi di un grande bruco
blu
La chenille était assise sur le sommet du champignon
Il bruco era seduto sulla cima del fungo
et la chenille avait croisé tous ses bras
e il bruco aveva incrociato tutte le braccia
et il fumait tranquillement un long narguilé
e lui fumava tranquillamente un lungo narghilè
et il ne faisait pas la moindre attention à rien
e non si curava minimamente di nulla
et il n'a certainement pas fait attention à Alice
e di certo non badava ad Alice

Les conseils d'une chenille
Il consiglio di un bruco

Finalement, la chenille a retiré le narguilé de sa bouche
Alla fine il bruco tolse il narghilè dalla bocca
et il s'adressa à Alice d'une voix languissante et endormie
e si rivolse ad Alice con voce languida e assonnata
« Qui es-tu ? » demanda la chenille
"Chi sei?" disse il bruco

Alice a répondu, plutôt timidement : « Je sais à peine, monsieur. »
Alice rispose, piuttosto timidamente: "Lo so appena, signore"
« Juste pour le moment, c'est un peu... »
"Proprio al momento è tutto un po'..."
« Je sais qui j'étais quand je me suis levé ce matin" »
"So chi ero quando mi sono alzato stamattina""
« mais je pense que j'ai dû changer plusieurs fois depuis »
"ma credo di essere cambiato più volte da allora"
« Qu'est-ce que tu veux dire par là ? » dit la chenille
«Che cosa intendi con questo?» disse il bruco

sévèrement, la chenille lui demanda de s'expliquer
severamente il bruco le chiese di spiegarsi
— Je ne peux pas m'expliquer, j'en ai peur, monsieur, dit Alice
«Non riesco a spiegarmi, ho paura, signore» disse Alice
« parce que je ne suis pas moi-même »
"perché non sono me stesso"
« Vous voyez, être de tant de tailles différentes en une journée, c'est très déroutant »
"Vedi, avere così tante taglie diverse in un giorno è molto confuso"
Elle se redressa et dit très gravement :
Si tirò su e disse molto seriamente:
« Je pense que tu devrais me dire qui tu es, en premier »
"Penso che dovresti dirmi chi sei, prima"
« Pourquoi ? » demanda la chenille
«Perché?» chiese il bruco
Alice ne voyait aucune bonne raison
Alice non riusciva a pensare a nessuna buona ragione
et la chenille semblait être dans un état d'esprit très désagréable
e il bruco sembrava essere in uno stato d'animo molto sgradevole
alors elle s'en retourna
Così si voltò
« Reviens ! » la chenille l'appela
"Torna indietro!" la chiamò il bruco
« J'ai quelque chose d'important à dire ! »
"Ho qualcosa di importante da dire!"
Alice se retourna et revint
Alice si voltò e tornò di nuovo
« Garde ton sang-froid », dit la chenille
"Mantieni la calma," disse il bruco
— C'est tout ? dit Alice
«È tutto?» disse Alice
Et elle ravala sa colère de son mieux
e ingoiò la rabbia meglio che poté

« **Non,** » dit la chenille
«No» disse il bruco
La chenille déplia ses bras
Il bruco aprì le braccia
Et il retira le narguilé de sa bouche
E si tolse di nuovo il narghilè dalla bocca
et il a dit : « Vous pensez donc que vous avez changé, n'est-ce pas ? »
E lui disse: "Quindi pensi di essere cambiato, vero?"
— J'ai peur, je suis changée, monsieur, dit Alice
«Ho paura, sono cambiata, signore» disse Alice
« Je ne me souviens plus des choses comme je m'en souvenais »
"Non riesco a ricordare le cose come le ricordavo prima"
« et je ne reste pas plus de dix minutes de la même taille ! »
"e non rimango della stessa taglia per più di dieci minuti!"
« Quelle taille veux-tu faire ? » demanda la chenille
"Che taglia vuoi avere?" chiese il bruco
— Oh, ma taille ne me dérange pas particulièrement, répondit vivement Alice
«Oh, non mi importa particolarmente di che taglia ho», rispose in fretta Alice
« Je n'aime pas changer de taille si souvent, vous savez »
"Non mi piace cambiare taglia così spesso, sai"
« J'aimerais être un peu plus grand, monsieur »
"Vorrei essere un po' più grande, signore"
— Si cela ne vous dérange pas, ajouta Alice
«se non ti dispiace», aggiunse Alice
« Dix centimètres, c'est une taille si misérable »
"Dieci centimetri è un'altezza così miserabile"
« C'est une très bonne hauteur en effet ! » dit la chenille avec colère
«È davvero un'altezza molto buona!» disse il bruco con rabbia
et il se redressa tout en parlant
Ed egli si alzò in piedi mentre parlava
Il mesurait exactement dix centimètres de haut
Era alto esattamente dieci centimetri

Au bout d'une minute ou deux, la chenille s'est détachée du champignon
In un minuto o due, il bruco scese dal fungo
et il s'enfonça en rampant dans l'herbe
e strisciò via nell'erba
En s'éloignant, il fit quelques petites remarques
Mentre se ne andava, fece alcune piccole osservazioni
« Un côté vous fera grandir »
"Un lato ti farà diventare più alto"
« Et l'autre côté te fera rapetisser »
"E l'altra parte ti farà accorciare"
« Un côté de quoi ? » pensa Alice en elle-même
«Da un lato di che cosa?» pensò Alice tra sé e sé
« L'autre côté de quoi ? »
"L'altro lato di cosa?"
« Le côté du champignon », dit la chenille
"Il lato del fungo", disse il bruco
C'était comme si elle avait posé sa question à haute voix
Era come se avesse posto la sua domanda ad alta voce
et un instant plus tard, il fut hors de vue
e in un attimo scomparve dalla vista
Alice resta pensivement à regarder le champignon
Alice rimase a guardare pensierosa il fungo
Elle essayait de distinguer quels étaient les deux côtés du champignon
Stava cercando di capire quali fossero i due lati del fungo
Enfin, elle étendit ses bras autour du champignon
Alla fine allungò le braccia intorno al fungo
Et elle cassa un peu les bords
e ha rotto un po' i bordi
« Et maintenant, de quel côté est-ce ? » se dit-elle
«E ora, da che parte sta?» disse a se stessa
et elle grignota un peu du mors de la main droite
e mordicchiò un po' del morso destro
L'instant d'après, elle sentit un violent coup sous son menton
Un attimo dopo sentì un violento colpo sotto il mento

Son menton avait heurté son pied !

Il suo mento le aveva colpito il piede!

Elle fut bien effrayée par ce changement très soudain

Era molto spaventata da questo cambiamento molto
improvviso

Elle rétrécissait très rapidement

si stava rimpicciolendo molto rapidamente

**Alors elle a rapidement mangé un peu de l'autre morceau de
champignon**

Così mangiò rapidamente un po' dell'altro pezzetto di fungo

Son menton était très serré contre son pied

Il mento era premuto molto strettamente contro il piede

Il y avait à peine de la place pour ouvrir la bouche

C'era a malapena spazio per aprire bocca

mais elle parvint enfin à ouvrir la bouche

ma alla fine riuscì ad aprire bocca

et elle avala un morceau du mors de la main gauche

e ingoiò un boccone del morso sinistro

« Ma tête a enfin été libérée ! » dit Alice

«Finalmente la mia testa è stata liberata!» disse Alice

Elle baissa les yeux sur elle-même

Si guardò dall'alto in basso

**mais tout ce qu'elle pouvait voir, c'était une immense
longueur de cou**

ma tutto ciò che riusciva a vedere era un'immensa lunghezza
di collo

Son cou semblait se dresser comme une tige

Il suo collo sembrava sollevarsi come un gambo

et elle baissa les yeux sur une mer de feuilles vertes

e guardò giù su un mare di foglie verdi

« Où sont passées mes épaules ? »

"Dove sono finite le mie spalle?"

**« Et oh, mes pauvres mains, comment se fait-il que je ne
puisse pas vous voir ? »**

"E oh, povere mie mani, come mai non riesco a vederti?"

Mais son cou avait un avantage

Ma il suo collo aveva un vantaggio

Elle pouvait bouger la tête dans n'importe quelle direction
Poteva muovere la testa in qualsiasi direzione
En fait, elle était comme un serpent
In effetti, era proprio come un serpente
Elle zigzague gracieusement, la tête baissée
Ha zigzagato con grazia la testa verso il basso
et elle remua la tête à travers les arbres
e mosse la testa tra gli alberi
Mais elle entendit alors un sifflement aigu
ma poi sentì un sibilo acuto
Et elle tira rapidement la tête en arrière
e tirò rapidamente indietro la testa
Un gros pigeon lui avait volé au visage
Un grosso piccione le era volato in faccia
et le pigeon était violemment avec ses ailes
e il piccione era violentemente con le sue ali

« Serpent ! » cria le pigeon
"Serpente!" gridò il piccione
« Je ne suis pas un serpent ! » dit Alice avec indignation
«Io non sono un serpente!» disse Alice indignata.
« Laisse-moi tranquille ! »
"Lasciami in pace!"
« J'ai essayé les racines des arbres »
"Ho provato le radici degli alberi"
— Et j'ai essayé des haies, continua le pigeon
«E ho provato le siepi», proseguì il piccione
« Mais ces serpents ! Il n'y a pas moyen de leur plaire !
"Ma quei serpenti! Non c'è modo di accontentarli!"
Alice était de plus en plus perplexe
Alice era sempre più perplessa
« Comme si ce n'était pas assez compliqué de faire éclore les
œufs », a déclaré le pigeon
«Come se non fosse abbastanza difficile far schiudere le uova»,
disse il piccione
« Nuit et jour, je dois aussi faire attention aux serpents ! »
"di notte e di giorno devo stare attento anche ai serpenti!"
« Je venais de trouver l'arbre le plus haut de la forêt »
"Avevo appena trovato l'albero più alto della foresta"
« Je serais sûrement libre des serpents ici ? »
"Sicuramente sarei libero dai serpenti qui?"
« Et un serpent sort du ciel ! »
"E un serpente esce dal cielo!"
« Mais je ne suis pas un serpent, je vous le dis ! » dit Alice
"Ma io non sono un serpente, te lo dico!" disse Alice
"Je suis un... Je suis un... Je suis une petite fille, ajouta-t-elle
d'un air un peu dubitatif
"Sono un... Sono un... Sono una bambina», aggiunse piuttosto
dubbiosa
Après tout, elle avait traversé beaucoup de changements
dopotutto, aveva attraversato molti cambiamenti
« Tu cherches des œufs », dit le pigeon
"Stai cercando le uova," disse il piccione
« Je le sais pertinemment »

"Lo so per certo"
« Et qu'importe que vous soyez une petite fille ou un serpent ? »
"E che importa se sei una bambina o un serpente?"
— Cela m'importe beaucoup, dit Alice à la hâte
«Mi importa molto», disse Alice in fretta
« mais je ne cherche pas d'œufs, en l'occurrence »
"ma non sto cercando uova, guarda caso"
« et je ne voudrais pas de tes œufs de toute façon »
"e non vorrei comunque le tue uova"
« Je n'aime pas mes œufs crus »
"Non mi piacciono le mie uova crude"
« Eh bien, allez-vous-en ! » dit le pigeon d'un ton boudeur
«Ebbene, allora vattene!» disse il piccione in tono imbronciato
et le pigeon se posa de nouveau dans son nid
e il piccione si sistemò di nuovo nel suo nido
Alice s'accroupit parmi les arbres du mieux qu'elle put
Alice si accovacciò tra gli alberi meglio che poté
Son cou ne cessait de s'emmêler parmi les branches
il suo collo continuava a rimanere impigliato tra i rami
De temps en temps, elle devait s'arrêter et se tordre le cou
Ogni tanto doveva fermarsi e srotolare il collo
Au bout d'un moment, elle se souvint du champignon
Dopo un po' si ricordò del fungo
Elle tenait toujours les morceaux de champignon dans ses mains
Teneva ancora i pezzi di fungo tra le mani
et elle se mit à l'œuvre avec beaucoup de soin
e si mise al lavoro con molta attenzione
D'abord, elle a grignoté un morceau
Per prima cosa ha rosicchiato un pezzo
puis elle grignota l'autre morceau
e poi mordicchiò l'altro pezzo
Parfois, elle grandissait
A volte diventava più alta
et parfois elle devenait plus petite
e a volte si accorciava

Mais finalement, elle a atteint sa taille habituelle

ma alla fine raggiunse la sua solita altezza

Elle n'avait pas été de sa taille depuis un certain temps

Non era stata della sua altezza per un po' di tempo

Tout m'a semblé étrange pendant un moment

Quindi tutto è sembrato strano per un po'

« La prochaine chose à faire est d'entrer dans ce beau jardin »

"La prossima cosa da fare è entrare in quel bellissimo giardino"

« Comment cela se fera-t-il, je me demande ? »

«come si può fare, mi chiedo?»

En disant cela, elle tomba sur un endroit ouvert

Mentre diceva questo, si imbatté in un luogo aperto

Il y avait une petite maison, un peu plus haute qu'un mètre

C'era una casetta, alta un po' più di un metro

« Je me demande qui habite cette petite maison »

"Mi chiedo chi abita in questa casetta"

« Je ne peux certainement pas y aller aussi grand que je le suis »

"Di certo non posso entrare così grande"

« Je les effrayerais terriblement ! »

«Li spaventerei terribilmente!»

alors elle grignota à nouveau le petit champignon

Così mordicchiò di nuovo il piccolo fungo

et bientôt elle s'abaissa de trente centimètres

e presto si abbassò di trenta centimetri

Un cochon et du poivre

Un maiale e un po' di pepe

Pendant une minute ou deux, elle resta à regarder la maison

Per un minuto o due rimase a guardare la casa

Soudain, un valet de pied sortit en courant des bois

All'improvviso un valletto uscì di corsa dal bosco

Il portait un uniforme de livrée spécial

Indossava una speciale uniforme in livrea

à en juger par son seul visage, elle l'aurait traité de poisson

A giudicare solo dal suo viso, lo avrebbe chiamato pesce

et il frappa bruyamment à la porte avec ses jointures

e bussò forte alla porta con le nocche

La porte fut ouverte par un autre valet de pied

La porta fu aperta da un altro cameriere

Ce valet de pied portait également une livrée spéciale

Anche questo valletto indossava una livrea speciale

Ce valet de pied avait un visage rond et de grands yeux comme une grenouille

Questo valletto aveva una faccia rotonda e grandi occhi come una rana

C'est le valet de pied qui ressemblait à un poisson qui a initié la cérémonie

Il cameriere che sembrava un pesce ha iniziato la cerimonia

Il sortit quelque chose de sous son bras

Tirò fuori qualcosa da sotto il braccio

et il tira de dessous son bras une enveloppe

e tirò fuori da sotto il braccio una busta

et cette enveloppe, il la remit à l'autre valet de pied

e questa busta la consegnò all'altro cameriere

D'un ton cérémoniel, il lui donna les ordres

In tono cerimonioso gli disse gli ordini

« Ce message s'adresse à la duchesse »

"Questo messaggio è per la Duchessa"

« Une invitation de la reine à jouer au croquet »

"Un invito dalla regina a giocare a croquet"

Le valet de pied qui ressemblait à une grenouille répéta l'ordre

Il cameriere che sembrava una rana ripeté l'ordine

« De la reine »

"Dalla Regina"

« Une invitation »

"un invito"

« pour la duchesse »

"per la Duchessa"

« Jouer au croquet »

"Giocare a croquet"

Puis ils s'inclinèrent tous les deux

Poi entrambi si inchinarono profondamente

et les boucles de leurs perruques s'emmêlèrent

e i riccioli delle loro parrucche si sono impigliati insieme

Bientôt, le valet de pied qui ressemblait à un poisson a disparu

Presto il valletto che sembrava un pesce scomparve

Mais le valet de pied qui ressemblait à une grenouille était toujours là

ma il valletto che sembrava una rana era ancora lì

Il était assis par terre près de la porte

Era seduto per terra vicino alla porta

Il regardait bêtement le ciel

Stava fissando stupidamente il cielo

Alice s'approcha timidement de la porte et frappa

Alice si avvicinò timidamente alla porta e bussò

— Il ne sert à rien de frapper, dit le valet de pied

«È inutile bussare», disse il valletto

« Et ce, pour deux raisons »

"E questo per due motivi"

« D'abord, parce que je suis du même côté de la porte que toi »

"Primo, perché sono dalla tua stessa parte della porta"

« Deuxièmement, parce qu'ils font tellement de bruit à l'intérieur »

"In secondo luogo, perché fanno così tanto rumore all'interno"

« Personne ne pouvait vous entendre »

"Nessuno potrebbe sentirti"

Et il y avait certainement un bruit des plus extraordinaires à l'intérieur

E certamente c'era un rumore straordinario all'interno

des hurlements et des éternuements constants

un continuo ululato e starnuti

et de temps en temps un bruit de grand fracas

e ogni tanto un rumore di grande schianto

comme si un plat ou une bouilloire avait été brisé en morceaux

come se un piatto o un bollitore fossero stati fatti a pezzi

« Comment vais-je entrer ? » demanda Alice

«Come posso entrare?» chiese Alice

— Faut-il que tu entres ? dit le valet de pied

«Dovresti entrare?» disse il cameriere

« C'est la première question, vous savez »

"Questa è la prima domanda, sai"

Alice ouvrit la porte et entra

Alice aprì la porta ed entrò

La porte menait directement à une grande cuisine

La porta conduceva direttamente in una grande cucina

La cuisine était pleine de fumée d'un bout à l'autre
La cucina era piena di fumo da un'estremità all'altra
au milieu de la cuisine se trouvait la duchesse
al centro della cucina c'era la duchessa
Elle était assise sur un tabouret à trois pieds
Era seduta su uno sgabello a tre gambe
et elle allaitait un bébé
e stava allattando un bambino
Le cuisinier était penché au-dessus du feu
Il cuoco era chino sul fuoco
Il remuait un grand chaudron
Stava mescolando un grande calderone
et le chaudron semblait être plein de soupe
e il calderone sembrava pieno di zuppa
« Il y a certainement trop de poivre dans cette soupe ! » Alice se dit
"C'è sicuramente troppo pepe in quella zuppa!" Alice si disse
Elle l'a dit du mieux qu'elle a pu sans éternuer
Lo disse meglio che poté senza starnutire
Même la duchesse éternuait de temps en temps
Anche la duchessa starnutiva di tanto in tanto
Mais les actions du bébé étaient les plus remarquables
Ma le azioni del bambino erano le più degne di nota
Le bébé éternuait et hurlait alternativement
Il bambino starnutiva e ululava alternativamente
Il n'y avait pas un instant de pause entre les hurlements et les éternuements
Non c'era un attimo di pausa tra l'ululato e lo starnuto
Il y avait deux créatures dans la cuisine qui n'éternuaient pas
C'erano due creature in cucina che non starnutivano
Le cuisinier était trop occupé pour éternuer
Il cuoco era troppo occupato per starnutire
et le gros chat ne semblait pas se soucier du poivre
e il grosso gatto non sembrava preoccuparsi del pepe
Au lieu de cela, le gros chat souriait d'une oreille à l'autre
Invece, il grosso gatto sorrideva da un orecchio all'altro

— Pourriez-vous me le dire, s'il vous plaît, dit Alice un peu timidement

«Ti prego, me lo dica», disse Alice, un po' timidamente

« Pourquoi ton chat sourit-il comme ça ? »

"Perché il tuo gatto sorride così?"

« C'est un Cheshire-Cat, » dit la duchesse

«È un Cheshire-Cat» disse la duchessa

« Et c'est pourquoi il sourit d'une oreille à l'autre »

"Ed è per questo che sorride da un orecchio all'altro"

« Je ne savais pas qu'un Cheshire-Cat souriait toujours »

"Non sapevo che uno Stregatto sorrideva sempre"

« En fait, je ne savais pas que les chats pouvaient sourire », a déclaré Alice

"in effetti, non sapevo che i gatti potessero sorridere", ha detto Alice

— Il y a beaucoup de choses que vous ne savez pas, dit la duchesse

«C'è molto che non sai», disse la duchessa

« Il y a beaucoup de choses que vous ne savez pas et c'est un fait »

"C'è molto che non sai e questo è un dato di fatto"

Juste à ce moment-là, le cuisinier retira le chaudron de soupe du feu

Proprio in quel momento il cuoco tolse dal fuoco il calderone di zuppa

et aussitôt, elle commença à jeter tout ce qui était à sa portée

e subito cominciò a gettare tutto ciò che aveva a portata di mano

elle jeta tout ce qu'elle put sur la duchesse et le bébé

gettò tutto quello che poté contro la duchessa e il bambino

D'abord, elle jeta les fers à feu

Per prima cosa lanciò i ferri da fuoco

Puis elle a jeté une poignée de casseroles

Poi ha lanciato una manciata di pentole

et enfin elle jeta les assiettes et les plats

e alla fine gettò i piatti e le stoviglie

La duchesse ne fit pas attention à elle

La duchessa non si curò di lei
Même lorsqu'elle a été frappée par une assiette, elle ne s'est pas inquiétée
Anche quando è stata colpita da un piatto non si è preoccupata
Le bébé hurlait déjà tellement
Il bambino stava già ululando così tanto
Il était donc impossible de dire si les coups blessaient le bébé ou non
Quindi era impossibile dire se i colpi avessero ferito o meno il bambino
« Oh, je vous en prie, faites attention à ce que vous faites ! » s'écria Alice
«Oh, ti prego, bada a quello che fai!» esclamò Alice
et elle sautait de haut en bas dans une agonie de terreur
e saltava su e giù in un'agonia di terrore
la duchesse offrit le bébé à Alice
la duchessa offrì ad Alice il bambino
« Ici ! Tu peux allaiter un peu le bébé, si tu veux !
"Ecco! Puoi allattare un po' il bambino, se vuoi!"
et elle lui lança l'enfant tout en parlant
e le gettò addosso il bambino mentre parlava
« Je dois aller me préparer à jouer au croquet avec la reine »
"Devo andare a prepararmi a giocare a croquet con la regina"
et elle se hâta de sortir de la chambre
e si affrettò a uscire dalla stanza
Alice attrapa le bébé avec quelque difficulté
Alice afferrò il bambino con qualche difficoltà
parce que c'était une petite créature de forme très étrange
perché era una piccola creatura dalla forma molto strana
et l'enfant tendit les bras et les jambes dans toutes les directions
e il bambino tese le braccia e le gambe in tutte le direzioni
« Je ferais mieux d'emmener cet enfant avec moi », pensa Alice
"È meglio che porti via con me questo bambino", pensò Alice
« Ils sont sûrs de tuer ce bébé dans un jour ou deux »

"Di sicuro uccideranno questo bambino in un giorno o due"
« Ne serait-ce pas un meurtre de laisser ce bébé derrière soi ? »
«Non sarebbe un omicidio lasciare indietro questo bambino?»
Elle prononça les derniers mots à haute voix
Ha detto le ultime parole ad alta voce
Et la petite créature grogna en réponse
e la piccola cosa grugnì in risposta
« Tu ferais mieux de ne pas te transformer en cochon, ma chère, » dit Alice
"È meglio che tu non ti trasformi in un maiale, mia cara," disse Alice
« ou alors je n'aurai plus rien à faire avec toi »
"altrimenti non avrò più niente a che fare con te"
Alice commençait à peine à penser en elle-même :
Alice stava appena cominciando a pensare tra sé e sé:
« Maintenant, que vais-je faire de cette créature, quand je la ramène à la maison ? »
«Ora, che cosa devo fare con questa creatura, quando la riporto a casa?»
Mais alors la petite créature grogna un peu violemment
ma poi la piccola creatura grugnì un po' violentemente
et Alice baissa les yeux sur son visage avec une certaine inquiétude
e Alice lo guardò in viso con un certo allarme
Cette fois, il ne pouvait y avoir d'erreur à ce sujet
Questa volta non ci poteva essere alcun errore
Ce n'était ni plus ni moins qu'un cochon
non era né più né meno di un maiale
alors elle déposa la petite créature
Così fece posare la piccola creatura
et la petite créature s'éloigna tranquillement dans le bois
e la piccola creatura trotterellò silenziosamente nel bosco
Alice se sentit tout à fait soulagée de voir la créature partir
Alice si sentì piuttosto sollevata nel vedere la creatura andarsene
Alice fut un peu surprise en voyant le Chat-Cheshire

Alice fu un po' sorpresa nel vedere lo Stregatto
Il était assis sur une branche d'arbre à quelques mètres de là
Era seduto su un ramo di un albero a pochi metri di distanza
Le chat ne sourit que lorsqu'il la vit
Il gatto sorrise solo quando la vide
« Chat du Cheshire », commença Alice un peu timidement
«Gatto del Cheshire», cominciò Alice, piuttosto timidamente
**« Pourriez-vous s'il vous plaît me dire dans quelle direction
je dois aller à partir d'ici ? »**
«potrebbe dirmi per favore da che parte devo andare da qui?»
« Dans cette direction », dit le chat
"In quella direzione", disse il gatto
et il agita la patte droite
e agitò la zampa destra
**« C'est dans cette direction que vit un fabricant de
chapeaux »**
"In quella direzione vive un fabbricante di cappelli"
puis le chat agita son autre patte
e poi il gatto agitò l'altra zampa
« Et dans cette direction vit un lièvre de marche »
"E in quella direzione vive una lepre marzolina"
**« Visitez l'un ou l'autre de vos goûts ; Ils sont tous les deux
fous"**
"Visita o vuoi; Sono entrambi pazzi"
— Mais je ne veux pas aller parmi des fous, remarqua Alice
«Ma io non voglio andare in mezzo ai matti», osservò Alice
« Oh, tu ne peux pas t'en empêcher, » dit le Chat
«Oh, non puoi farci niente» disse il Gatto
« Nous sommes tous fous ici »
"Siamo tutti pazzi qui"
« Tu joues au croquet avec la reine aujourd'hui ? »
"Stai giocando a croquet con la regina oggi?"
— J'aimerais beaucoup, dit Alice
«Mi piacerebbe molto», disse Alice
« mais je n'ai pas encore été invité »
"ma non sono ancora stato invitato"
« Tu me verras là-bas », dit le Chat

"Mi vedrai lì," disse il Gatto
et d'un instant à l'autre le chat disparaissait
e da un momento all'altro il gatto scomparve
bientôt Alice arriva en vue de la maison du lièvre de marche
ben presto Alice giunse in vista della casa della lepre
marzolina
C'était une très grande maison
Questa era una casa molto grande
alors Alice ne voulait pas s'approcher de la maison
così Alice non volle avvicinarsi alla casa
**D'abord, elle a dû grignoter un peu plus du morceau de
champignon du côté gauche**
Per prima cosa dovette rosicchiare ancora un po' del pezzo di
fungo sul lato sinistro

Un thé fou
un pazzo tea party
Devant la maison, il y avait un arbre
Davanti alla casa c'era un albero
et sous l'arbre, il y avait une table
e sotto l'albero c'era un tavolo
et la table était dressée avec toutes sortes de couverts
e la tavola era apparecchiata con ogni sorta di posate
Le lièvre de mars et le chapelier étaient à table
La lepre marzolina e il cappellaio erano a tavola
et ensemble ils prenaient le thé
e insieme prendevano il tè
Un loir était assis entre eux
Un ghiro era seduto tra di loro
et le loir dormait profondément
e il ghiro si addormentò profondamente
La table était d'une taille extraordinaire
Il tavolo era di dimensioni straordinarie
mais la majeure partie de la table était inoccupée
ma la maggior parte del tavolo era vuota
Ils étaient assis serrés les uns contre les autres dans un coin de la table
sedevano ammassati insieme in un angolo del tavolo
et pourtant ils s'excusaient quand ils voyaient Alice
eppure si scusarono quando videro Alice
« Pas de place ! Pas de place ! » crièrent-ils
"Non c'è posto! Non c'è posto!" gridarono
« Il y a beaucoup de place ! » dit Alice avec indignation
«C'è un sacco di posto!» disse Alice indignata
À l'une des extrémités de la table, il y avait un grand fauteuil
A un'estremità del tavolo c'era una grande poltrona
et Alice s'assit dans le fauteuil
e Alice si sedette in poltrona
Le chapelier ouvrit de grands yeux
Il cappellaio spalancò gli occhi
Il n'arrivait pas à croire ce qu'il voyait

Non riusciva a credere a quello che stava vedendo
Mais son esprit était curieux d'autres choses
ma la sua mente era curiosa di altre cose
« Pourquoi un corbeau est-il comme un bureau ? »
"Perché un corvo è come uno scrittoio?"
Alice était prête à relever le défi
Alice era aperta alla sfida
« Je suis content qu'ils aient commencé à poser des énigmes »
"Sono contento che abbiano iniziato a fare indovinelli"
— Je crois que je peux le deviner, ajouta-t-elle à haute voix
«Credo di poterlo indovinare», aggiunse ad alta voce
Le lièvre de mars s'est curieux de connaître Alice
La lepre marzolina si incuriosì di Alice
« Pensez-vous vraiment que vous pouvez trouver la réponse ? »
"Pensi davvero di poter trovare la risposta?"
— Je crois que je peux trouver la réponse, en effet, dit Alice
«Credo di poter trovare la risposta», disse Alice
« Alors, tu devrais dire ce que tu veux dire », continua le lièvre de marche
«Allora dovresti dire quello che intendi», proseguì la lepre in marcia
— Je dis ce que je pense, répondit vivement Alice
«Dico quello che intendo», rispose in fretta Alice
« à tout le moins, je pense ce que je dis »
"per lo meno intendo quello che dico"
« C'est la même chose, vous savez »
"È la stessa cosa, sai"
Le loir a également contribué à la conversation
Anche il ghiro ha contribuito alla conversazione
mais le loir semblait parler dans son sommeil
ma il ghiro sembrava parlare nel sonno
« Je respire quand je dors »
"Respiro quando dormo"
« Je dors quand je respire ! »
"Dormo quando respiro!"

« **Autant dire qu'ils sont les mêmes aussi** »
"Si potrebbe anche dire che sono uguali"
« **C'est la même chose pour toi** », dit le chapelier
"È la stessa cosa per te," disse il cappellaio
Et il versa un peu de thé sur le nez du loir
e versò un po' di tè sul naso del ghiro
Le Loir secoua la tête avec impatience
Il Ghiro scosse la testa con impazienza
et le loir parla de nouveau, sans ouvrir les yeux
e di nuovo il ghiro parlò, senza aprire gli occhi
« **Bien sûr, bien sûr que c'est la même chose** »
"Certo, certo che è lo stesso"
« **C'est juste ce que j'allais dire moi-même** »
"è proprio quello che stavo per dire io stesso"

Le chapelier se tourna vers Alice et lui posa une autre question

Il cappellaio si rivolse ad Alice e fece un'altra domanda

« As-tu déjà deviné l'énigme ? »

"Hai già indovinato l'indovinello?"

« Non, j'abandonne », a concédé Alice

«No, mi arrendo» concesse Alice

« Quelle est la réponse ? » voulait-elle savoir

"Qual è la risposta?" voleva sapere

— Je n'en ai pas la moindre idée, dit le chapelier

«Non ne ho la minima idea», disse il cappellaio

« Moi non plus, » dit le lièvre de marche

«Né lo so», disse la lepre in marcia

Alice poussa un soupir de lassitude

Alice emise un sospiro stanco

« Il y a de meilleures utilisations du temps que des énigmes sans réponses »

"Ci sono usi migliori del tempo che indovinelli senza risposte"

« Prends encore du thé », dit le lièvre de marche à Alice, très sérieusement

«Prendi ancora un po' di tè», disse la lepre marzolina ad Alice, molto seriamente

Alice était assez offensée par l'offre

Alice era piuttosto offesa dall'offerta

— Je n'ai pas encore pris de thé, répondit Alice

«Non ho ancora preso il tè», rispose Alice

« donc je ne peux plus prendre de thé »

"quindi non posso più prendere il tè"

— Vous voulez dire que vous ne pouvez pas prendre moins de thé, dit le chapelier

«Vuoi dire che non puoi bere meno tè» disse il fabbricante di cappelli

« C'est très facile de prendre plus que rien »

"È molto facile prendere più di niente"

À ces mots, Alice se leva et s'en alla

A questo punto, Alice si alzò e se ne andò

Le loir s'endormit instantanément

Il ghiro si addormentò all'istante
et ni l'un ni l'autre ne firent la moindre attention à son départ
e nessuno degli altri si accorse minimamente della sua partenza
bien qu'elle ait regardé en arrière une ou deux fois
anche se si guardò indietro una o due volte
Ils essayaient de mettre le loir dans la théière
Cercavano di mettere il ghiro nella teiera
« En tout cas, je n'y retournerai plus ! » dit Alice
«In ogni caso, non ci tornerò mai più!» disse Alice
et elle se fraya un chemin à travers les bois
e si fece strada attraverso il bosco
« c'était le thé le plus stupide auquel j'aie jamais assisté »
"quello è stato il tea party più stupido a cui abbia mai partecipato"
Juste au moment où elle disait cela, elle remarqua quelque chose
Proprio mentre diceva questo, notò qualcosa
L'un des arbres avait une porte qui y menait directement
Uno degli alberi aveva una porta che vi conduceva proprio
« C'est très intéressant ! » a-t-elle pensé
"È molto interessante!" pensò
« Je pense que je peux aussi bien passer la porte »
"Penso che potrei anche passare attraverso la porta"
Et elle passa par la porte
E attraversò la porta
Une fois de plus, elle se retrouva dans le long couloir
Ancora una volta si ritrovò nel lungo corridoio
de nouveau, elle était près de la petite table de verre
Di nuovo era vicina al tavolino di vetro
Elle prit la petite clé d'or
Prese la piccola chiave d'oro
et elle ouvrit la porte qui donnait sur le jardin
e aprì la porta che conduceva nel giardino
Puis elle s'est mise au travail pour grignoter le champignon
Poi si mise al lavoro rosicchiando il fungo

Elle avait gardé un morceau du champignon dans sa poche
Aveva tenuto in tasca un pezzo del fungo
Et finalement, elle mesurait environ un mètre
e infine era alta circa un metro
Puis elle descendit le petit couloir
Poi camminò lungo il piccolo corridoio
Et puis elle s'est finalement retrouvée dans le magnifique jardin
e poi finalmente si ritrovò nel bellissimo giardino
et elle était parmi les fleurs brillantes et les fontaines fraîches
e lei era tra i fiori luminosi e le fresche fontane

Le terrain de croquet de la reine

Il campo da croquet della regina

Un grand rosier se dressait près de l'entrée du jardin

Un grande albero di rose si trovava vicino all'ingresso del giardino

Les roses qui poussaient sur l'arbre étaient blanches

le rose che crescevano sull'albero erano bianche

Mais il y avait trois jardiniers qui peignaient la rose

Ma c'erano tre giardinieri che dipingevano la rosa

Ils étaient occupés à peindre les roses en rouge

Stavano dipingendo le rose di rosso

et Alice les regardait peindre les roses en rouge

e Alice li guardava dipingere le rose di rosso

et soudain leurs yeux tombèrent par hasard sur Alice

e all'improvviso i loro occhi caddero su Alice

Alice parlait un peu timidement

Alice parlò un po' timidamente

« Pourriez-vous me le dire, s'il vous plaît ? »

"Me lo direbbe, per favore";

« Pourquoi peignez-vous tous ces roses ? »

"Perché state dipingendo tutte quelle rose?"

cinq et sept ne dirent rien, mais regardèrent deux

Cinque e Sette non dissero nulla, ma guardarono due

deux d'entre eux parlèrent à voix basse

due parlarono, a bassa voce

— Eh bien, le fait est, voyez-vous, madame.

«Perché, il fatto è, vedete, signora»

« Celui-ci aurait dû être un rosier rouge »

"Questo qui avrebbe dovuto essere un albero di rose rosse"

« Et nous avons mis un rosier blanc par erreur »

"E abbiamo messo un albero di rose bianche per sbaglio"

« Comme vous en conviendrez, la reine ne doit pas le découvrir »

"Come converrete, la regina non deve scoprirlo"

« Sinon, nous aurions tous la tête tranchée »

"altrimenti ci taglierebbero tutti la testa"

« Alors vous voyez, madame, nous faisons de notre mieux »

"Vedete, signora, stiamo facendo del nostro meglio"
La cinquième carte avait regardé anxieusement à travers le jardin
La quinta carta aveva guardato ansiosamente attraverso il giardino
À ce moment, la cinquième carte cria : « La dame ! La reine !
In quel momento la carta cinque gridò: "La regina! La regina!"
Et les trois jardiniers s'enfuirent aussitôt
e i tre giardinieri si affrettarono subito ad andarsene
et ils se jetèrent à plat ventre
e si gettarono con la faccia a terra
Il y eut un bruit de nombreux pas
Ci fu il suono di molti passi
Alice regarda autour d'elle, impatiente de voir la reine
Alice si guardò intorno, ansiosa di vedere la regina
Au début de la procession se trouvaient dix soldats
All'inizio del corteo c'erano dieci soldati
leurs mains et leurs pieds étaient dans les coins
le loro mani e i loro piedi erano negli angoli
et dans leurs mains et leurs pieds étaient des massues
e nelle loro mani e nei loro piedi c'erano dei bastoni
Venaient ensuite les dix courtisans
Poi vennero i dieci cortigiani
Les courtisans étaient partout ornés de diamants
I cortigiani erano tutti ornati di diamanti
Après les courtisans sont venus les enfants royaux
Dopo i cortigiani vennero i figli reali
Il y avait dix enfants royaux
C'erano dieci dei figli reali
et tous les enfants royaux étaient ornés de cœurs
e tutti i bambini reali erano ornati di cuori
Venaient ensuite les invités ; principalement des rois et des reines
Poi vennero gli ospiti; per lo più re e regine
et parmi les rois et la reine, Alice vit quelqu'un
e tra i re e la regina Alice vide qualcuno
Elle revit le lapin blanc qu'elle avait chassé

Vide di nuovo il coniglio bianco che aveva inseguito
Le cortège était suivi par le valet de cœur
Il corteo era seguito dal fante di cuori
Il portait la couronne du roi
Portava la corona del re
et la couronne du roi était sur un coussin de velours cramoisi
e la corona del re era su un cuscino di velluto cremisi
Et puis vint la fin de ce grand cortège
E poi venne la fine di questa grande processione
Et là, à la fin, il y avait le Roi et la Reine de Cœur
E alla fine c'erano il re e la regina di cuori
le cortège arriva en face d'Alice
il corteo giunse di fronte ad Alice
et ils s'arrêtèrent tous et la regardèrent
e tutti si fermarono a guardarla
et la reine dit sévèrement : « Qui est-ce ? »
e la regina disse severamente: "Chi è costui?"
Elle l'a dit au Valet de Cœur
Lo disse al Fante di Cuori
Mais il s'est contenté de s'incliner et de sourire en réponse
ma lui si inchinò e sorrise in risposta
Alice parla très poliment
Alice parlò molto cortesemente
« Je m'appelle Alice, alors faites plaisir à Votre Majesté »
"Mi chiamo Alice, quindi per favore vostra maestà"
Mais elle avait d'autres pensées pour elle-même
ma aveva altri pensieri per sé
« Ce n'est qu'un jeu de cartes, après tout ! »
«Sono solo un mazzo di carte, dopotutto!»
« Savez-vous jouer au croquet ? » cria la reine
"Sai giocare a croquet?" gridò la regina
La question était évidemment destinée à Alice
La domanda era evidentemente rivolta ad Alice
— Oui ! dit Alice d'une voix forte
«Sì!» disse Alice ad alta voce
« Venez jouer alors ! » rugit la reine
"Vieni a giocare allora!" ruggì la regina

une voix timide s'adressa à Alice
una voce timida parlò ad Alice
« C'est une très belle journée ! »
"È una giornata molto bella!"
Elle se promenait près du lapin blanc
Stava camminando accanto al coniglio bianco
et le Lapin Blanc jetait un coup d'œil anxieux sur son visage
e il Bianconiglio le sbirciava ansiosamente in faccia
« Une très belle journée, en effet, confirma Alice
«Davvero una bella giornata», confermò Alice
« Où est la duchesse ? »
"Dov'è la duchessa?"
« Chut ! Chut ! dit le Lapin
"Zitto! Zitto!" disse il Coniglio
« Elle est sous le coup d'une sentence d'exécution »
"È condannata a morte"
« Pourquoi est-elle exécutée ? » demanda Alice
«Per che motivo è stata giustiziata?» chiese Alice
« Elle a éraflé les oreilles de la reine », commença le lapin
«Ha graffiato le orecchie della regina», cominciò il coniglio
cria la reine d'une voix de tonnerre
La regina gridò con voce di tuono
« Retournez à vos endroits ! »
"Raggiungi i tuoi posti!"
et les gens se mirent à courir dans toutes les directions
e la gente cominciò a correre in tutte le direzioni
et ils tombèrent tous les uns contre les autres
e tutti caddero l'uno contro l'altro
Cependant, ils se sont calmés en une minute ou deux
Tuttavia, si sono sistemati in un minuto o due
Et puis le jeu a commencé
e poi è iniziato il gioco
Alice n'avait jamais vu un terrain de croquet aussi curieux
Alice non aveva mai visto un campo da croquet così curioso
L'herbe n'était que crêtes et sillons
l'erba era tutta creste e solchi
Les boules de croquet étaient de vrais hérissons

Le palle da croquet erano dei veri ricci
Et les maillets étaient de vrais flamants roses
e le mazzuole erano dei veri fenicotteri
et les soldats se tinrent sur leurs mains et leurs pieds
e i soldati si alzarono in piedi sulle mani e sui piedi
Parce que les arches ont été faites à partir de leurs corps
perché gli archi sono stati fatti dai loro corpi
Les joueurs ont tous joué en même temps
I giocatori hanno giocato tutti contemporaneamente
Personne n'attendait son tour
Nessuno aspettava il proprio turno
et tout le monde se querellait avec tout le monde
e tutti litigavano con tutti
et tous se battaient pour les hérissons
e tutti combattevano per i ricci
Bientôt, la reine fut dans une colère furieuse
Ben presto la regina si arrabbiò furiosamente
et elle s'est mise à piétiner et à crier
e si mise a pestare i piedi e a gridare
« Coupez-lui la tête ! »
"Tagliategli la testa!"
« Coupez-lui la tête ! »
"Tagliatele la testa!"
« Coupez-leur la tête ! »
"Tagliate loro tutte le teste!"
De nouveau, Alice pensa en elle-même
Di nuovo Alice pensò tra sé e sé
« Ils sont affreusement friands de décapiter les gens ici »
"A loro piace terribilmente decapitare le persone qui"
**« Ce qui est très étonnant, c'est qu'il reste quelqu'un en vie !
»**
"La grande meraviglia è che c'è qualcuno rimasto in vita!"
Elle cherchait un moyen de s'échapper
Stava cercando una via di fuga
Elle remarqua une curieuse apparition dans l'air
notò una strana apparizione nell'aria
« C'est le chat du Cheshire », se dit-elle

«È il gatto del Cheshire», disse a se stessa

« maintenant j'aurai quelqu'un à qui parler »

"ora avrò qualcuno con cui parlare"

« Comment vas-tu ? » dit le chat

"Come stai?" disse il gatto

« Je ne pense pas qu'ils jouent du tout équitablement », a déclaré Alice

«Non credo che giochino affatto in modo corretto», disse Alice

et elle avait un ton plutôt plaintif

e aveva un tono piuttosto lamentoso

« Ils se querellent tous si affreusement »

"Litigano tutti in modo così terribile"

« On ne s'entend pas parler »

"Non ci si sente parlare"

« Et ils ne semblent pas jouer selon des règles »

"E sembra che non giochino secondo nessuna regola"

le chat a posé une question à Alice à voix basse

il gatto fece una domanda ad Alice a bassa voce

« Comment aimez-vous la reine ? »

"Ti piace la regina?"

— Je ne l'aime pas du tout, dit Alice

«Non mi piace affatto», disse Alice

Alice pensa qu'elle ferait aussi bien d'y retourner
Alice pensò che avrebbe potuto anche tornare indietro
Elle voulait voir comment le match se passait
Voleva vedere come stava andando il gioco
Elle est partie à la recherche de son hérisson
Andò in cerca del suo riccio
Le hérisson était occupé à combattre un autre hérisson
Il riccio era impegnato a combattere un altro riccio
C'était une excellente occasion
Questa è stata un'ottima opportunità
Elle pouvait croquer un hérisson avec l'autre
Poteva fare il croquet con un riccio con l'altro
Mais son flamant rose était de l'autre côté du jardin
ma il suo fenicottero era dall'altra parte del giardino
Le flamant rose était plutôt maladroit
Il fenicottero era piuttosto goffo
Son flamant rose essayait de s'envoler dans un arbre
Il suo fenicottero stava cercando di volare su un albero
Elle attrapa le flamant rose par la patte
Ha afferrato il fenicottero per una gamba
Et elle glissa le flamant rose sous son bras
e si mise il fenicottero sotto il braccio
De cette façon, le flamant rose ne pouvait plus s'échapper
In questo modo il fenicottero non poteva scappare di nuovo
Juste à ce moment-là, Alice rencontra la duchesse
Proprio in quel momento Alice incontrò la duchessa
La duchesse était maintenant sortie de prison
La duchessa era ora fuori di prigione
Elle glissa affectueusement son bras sous celui d'Alice
Infilò affettuosamente il braccio sotto il braccio di Alice
puis ils sont partis ensemble
e poi se ne andarono insieme
Alice était très heureuse de la trouver d'une humeur si agréable
Alice fu molto contenta di trovarla di così piacevole umore
Elle était cependant un peu surprise

Era un po' spaventata, però
Elle entendit la voix de la duchesse près de son oreille
Sentì la voce della duchessa vicino al suo orecchio
« Tu penses à quelque chose, ma chérie »
"Stai pensando a qualcosa, mia cara"
« Et ça fait oublier de parler »
"E questo ti fa dimenticare di parlare"
« Le jeu se passe un peu mieux maintenant », a déclaré Alice
«Il gioco sta andando un po' meglio ora», disse Alice
C'était une façon de poursuivre la conversation
Era un modo per mantenere viva la conversazione
— C'est vrai, dit la duchesse
"È proprio così," disse la duchessa
« Et la morale de cela est la suivante : »
"E la morale di questo è questa:"
« C'est l'amour qui fait tout ! »
"È l'amore che fa tutto!"
« L'amour est ce qui fait tourner le monde »
"L'amore è ciò che fa girare il mondo"
Alice avait une autre explication
Alice aveva un'altra spiegazione
**« C'est fait par tout le monde qui s'occupe de ses propres
affaires ! »**
"È fatto da ognuno che si fa gli affari suoi!"
— Ah ! Vous pourriez avoir raison"
«Ah, bene! Potresti avere ragione"
**— Tout cela signifie à peu près la même chose, dit la
duchesse**
«Significa tutto più o meno la stessa cosa», disse la duchessa
et elle enfonça son petit menton pointu dans l'épaule d'Alice
e affondò il suo piccolo mento affilato nella spalla di Alice
« Et la morale de cela est la suivante »
"E la morale di questo è questa"
« Prendre soin du sens »
"Prenditi cura dei sensi"
« Et puis les sons prendront soin d'eux-mêmes »
"E poi i suoni si prenderanno cura di se stessi"

Mais alors le bras de la duchesse se mit à trembler
Ma poi il braccio della duchessa cominciò a tremare
Alice leva les yeux et la reine se tenait là
Alice alzò lo sguardo e lì c'era la regina
La reine avait les bras croisés
La regina aveva le braccia conserte
Et elle fronçait les sourcils comme un orage !
e lei aggrottava le sopracciglia come un temporale!
« Je vous préviens », cria la reine
«Vi avverto», gridò la regina
et elle piétina le sol tout en parlant
e calpestò il terreno mentre parlava
« Soit ta tête, soit sa tête doit être coupée »
"O la tua testa o la sua testa deve essere staccata"
« Faites votre choix ! »
"Fai la tua scelta!"
« Et soyez rapide à ce sujet »
"E fai in fretta"
La duchesse fait son choix
La duchessa fece la sua scelta
et au bout d'un instant la duchesse avait disparu
e in un attimo la duchessa se ne andò
Puis la reine s'adressa à Alice
Allora la regina parlò ad Alice
« Continuons le jeu »
"Andiamo avanti con il gioco"
Alice était trop effrayée pour dire un mot
Alice era troppo spaventata per dire una parola
et elle la suivit lentement jusqu'au terrain de croquet
e la seguì lentamente fino al campo da croquet
Pendant tout ce temps, la reine s'est querellée avec les autres joueurs
Per tutto il tempo la regina litigava con gli altri giocatori
« Coupez-lui la tête ! »
"Tagliategli la testa!"
« Coupez-lui la tête ! »
"Tagliatele la testa!"

« Coupez-leur la tête ! »
"Tagliate loro tutte le teste!"
Bientôt, tous les joueurs ont été en garde à vue
Presto tutti i giocatori furono arrestati
il ne restait que le roi, la reine et Alice
rimasero solo il re, la regina e Alice
Puis la reine s'en alla, tout à fait essoufflée
Poi la regina se ne andò, senza fiato
et elle s'en alla avec Alice
e se ne andò con Alice
Alice entendit le roi dire quelque chose
Alice sentì il re dire qualcosa a bassa voce
« Vous êtes tous pardonnés »
"Siete tutti perdonati"
Mais soudain, un autre cri se fit entendre
ma all'improvviso si udì un altro grido
« Le procès commence ! »
"Il processo sta iniziando!"
et Alice courut avec les autres
e Alice corse insieme agli altri

Qui a volé les tartes ?
Chi ha rubato le crostate?
Le roi et la reine de cœur étaient assis
Il re e la regina di cuori erano seduti
ils étaient sur leur trône quand Alice arriva
erano sul loro trono quando arrivò Alice
Il y avait une grande foule rassemblée autour d'eux
C'era una grande folla radunata intorno a loro
Il y avait toutes sortes de petits oiseaux et de bêtes
C'erano tutti i tipi di uccellini e bestie
Et il y avait tout le paquet de cartes
E c'era tutto il mazzo di carte
Le coquin se tenait devant eux, enchaîné
Il furfante era in piedi di fronte a loro, in catene
et il y avait un soldat de chaque côté pour le garder
e c'era un soldato da ogni parte a sorvegliarlo
près du roi était le lapin blanc
vicino al Re c'era il coniglio bianco
Il avait une trompette dans une main
Aveva una tromba in una mano
et il avait un rouleau de parchemin dans l'autre main
e nell'altra mano aveva un rotolo di pergamena
Au milieu de la cour se trouvait une table
Al centro del cortile c'era un tavolo
Sur la table, il y avait un grand plat de tartes
Sul tavolo c'era un grande piatto di crostate
« J'aimerais qu'ils fassent le procès », pensa Alice
«Vorrei che facessero il processo», pensò Alice
« Alors nous pourrions manger quelques-uns de ces rafraîchissements ! »
"Allora potremmo mangiare un po' di quei rinfreschi!"

Le juge, soit dit en passant, était le roi
Il giudice, tra l'altro, era il re
et il portait sa couronne sur sa grande perruque
e portava la sua corona sopra la sua grande parrucca
« C'est le banc des jurés, pensa Alice
«Quella è la cassetta della giuria», pensò Alice
« Et ces douze créatures, je suppose qu'elles sont les jurés »
"e quelle dodici creature, suppongo che siano i giurati"
certains étaient des animaux, et d'autres étaient des oiseaux
alcuni erano animali e altri erano uccelli
Juste à ce moment-là, le lapin blanc a crié
Proprio in quel momento il coniglio bianco gridò
« Silence dans la cour ! »
"Silenzio in tribunale!"
« Héraut, lisez l'accusation ! » dit le roi
"Araldo, leggi l'accusa!" disse il re
Le lapin blanc souffla trois coups de trompette
Il Bianconiglio suonò tre squilli di tromba
Puis il déroula le parchemin
poi srotolò il rotolo di pergamena
Et il a lu ce qui suit :
e lesse quanto segue:
« La reine de cœur, elle a fait des tartes, »

"La regina di cuori, ha fatto delle crostate,"
« Tout cela, elle l'a fait un jour d'été »
"Tutto questo lo ha fatto in un giorno d'estate"
« Le valet de cœur, il a volé ces tartes »
"Il furfante di cuori, ha rubato quelle crostate"
« Et il a emporté ces tartes loin ! »
"E ha portato quelle crostate lontano!"
« Appelez le premier témoin », dit le roi
"Chiama il primo testimone," disse il re
et le lapin blanc souffla trois coups de trompette
E il Bianconiglio suonò tre squilli di tromba
« Amenez le premier témoin ! » cria-t-il
«Portate il primo testimone!» gridò
Le premier témoin était le chapelier
Il primo testimone fu il cappellaio
Il entra avec une tasse de thé dans une main
Entrò con una tazza da tè in una mano
et il avait un morceau de pain et de beurre dans l'autre main
e aveva un pezzo di pane e burro nell'altra mano
« Tu aurais dû finir », dit le roi
"Avresti dovuto finire," disse il Re
« Quand avez-vous commencé ? »
«Quando hai cominciato?»
Le chapelier regarda le lièvre de marche
Il fabbricante di cappelli guardò la lepre in marcia
Le lièvre de marche l'avait suivi dans la cour
La lepre in marcia lo aveva seguito nel cortile
Il avait marché bras dessus bras dessous avec le loir
aveva camminato a braccetto con il ghiro
« Le quatorzième mars, je crois, dit-il
«Il quattordici marzo, credo», disse
« Rendez votre témoignage », dit le roi
"Fornisci la tua testimonianza", disse il re
« Et ne sois pas nerveux, ou je te ferai exécuter sur-le-champ »
"e non essere nervoso, o ti farò giustiziare sul posto"
Cela n'a pas semblé encourager du tout le témoin

Questo non sembrava incoraggiare affatto il testimone

Il n'arrêtait pas de se déplacer d'un pied sur l'autre

continuava a spostarsi da un piede all'altro

et il regarda la reine avec inquiétude

E guardò inquieto la regina

et, dans sa confusion, il mordit un gros morceau de sa tasse de thé

e, nella sua confusione, morse un grosso pezzo dalla sua tazza da tè

En réalité, il voulait croquer dans son pain et son beurre

Davvero voleva mordere dal suo pane e burro

Juste à ce moment, Alice éprouva une sensation très curieuse

Proprio in quel momento Alice provò una sensazione molto curiosa

Elle commençait à grossir à nouveau

stava cominciando a diventare di nuovo più grande

Le misérable chapelier laissa tomber sa tasse de thé

Il miserabile cappellaio lasciò cadere la tazza da tè

et le pain et le beurre tombèrent à terre

e il pane e il burro caddero a terra

et il mit un genou à terre

e cadde in ginocchio

« Je suis un pauvre homme, Votre Majesté », a-t-il commencé

«Sono un pover'uomo, vostra maestà», cominciò

« Vous êtes un bien mauvais orateur, » dit le roi

«Sei un pessimo oratore», disse il re

« Tu peux y aller, » dit le roi

"Puoi andare," disse il re

et le chapelier quitta précipitamment la cour

e il cappellaio uscì in fretta dal tribunale

« Appelez le témoin suivant ! » dit le roi

"Chiamate il prossimo testimone!" disse il re

Le témoin suivant fut le cuisinier de la duchesse

Il testimone successivo fu il cuoco della duchessa

Elle portait la poivrière à la main

Portava in mano la scatola del pepe

et les gens près de la porte se mirent à éternuer tout à coup

E le persone vicino alla porta cominciarono a starnutire tutte
d'un tratto
« Rendez votre témoignage », dit le roi
"Fornisci la tua testimonianza", disse il re
— Je ne donnerai aucun témoignage, dit le cuisinier
«Non darò alcuna testimonianza», disse il cuoco
Le roi regarda anxieusement le lapin blanc
Il re guardò ansiosamente il coniglio bianco
Et le lapin blanc parlait d'une voix douce
e il coniglio bianco parlò con voce calma
« Votre Majesté doit contre-interroger ce témoin »
"Vostra Maestà deve controinterrogare questo testimone"
« Eh bien, s'il le faut, il le faut, » dit le roi
"Beh, se devo, devo," disse il re
« De quoi sont faites les tartes ? »
"Di cosa sono fatte le crostate?"
**« Les tartes sont faites de poivre, principalement », a déclaré
le cuisinier**
«Le crostate sono fatte di pepe, per lo più», disse il cuoco
**Pendant quelques minutes, toute la cour fut dans la
confusion**
Per alcuni minuti l'intera corte fu in confusione
Finalement, ils se sont tous calmés
Alla fine si sistemarono di nuovo
Mais à ce moment-là, le cuisinier avait disparu
ma ormai il cuoco era scomparso
« N'importe ! » dit le roi
«Non importa!» disse il re
« Appel à la barre du prochain témoin »
"Chiamate al banco il prossimo testimone"
Alice regarda le lapin blanc qui tâtonnait sur la liste
Alice guardò il coniglio bianco mentre armeggiava con la lista
**Vous pouvez imaginer sa surprise à ce qu'elle a entendu
ensuite**
Potete immaginare la sua sorpresa per quello che sentì dopo
à tue-tête de sa petite voix aiguë, il appela le nom « Alice ! »
con la sua vocina stridula, chiamò il nome "Alice!"

Le témoignage d'Alice
La testimonianza di Alice

« Ici ! » s'écria Alice
"Ecco!" gridò Alice
Elle se leva d'un bond en toute hâte
Balzò in piedi in gran fretta
et elle renversa le banc des jurés
e rovesciò il palco della giuria
et elle renversa tous les jurés
e fece cadere tutti i giurati
et ils tombèrent sur la tête de la foule en bas
e caddero sulle teste della folla sottostante
Alice était dans un grand désarroi
Alice era molto sgomenta
« Oh ! je vous demande pardon ! » s'écria-t-elle
«Oh, vi chiedo scusa!» esclamò
« Le procès ne peut pas avoir lieu », dit le roi
"Il processo non può procedere," disse il re
« Les jurés doivent retourner à leur place »
"I giurati devono tornare al loro posto"
Il répéta l'ordre avec beaucoup d'emphase
Ripeté l'ordine con grande enfasi
et il regarda Alice d'un air sévère
e guardò Alice con severità
« Que savez-vous de ces événements ? » demanda le roi à Alice
"Che cosa sai di questi avvenimenti?" chiese il re ad Alice
— Je ne sais rien à ce sujet, dit Alice
«Non so nulla su questo argomento», disse Alice
Le roi lut ensuite un extrait de son livre
Il re poi lesse dal suo libro
« Règle quarante-deux »
"Regola quarantadue"
« Toutes les personnes de plus d'un kilomètre de haut doivent quitter le tribunal »
"Tutte le persone che superano il miglio di altezza devono lasciare il tribunale"

« Je ne suis pas à un mille de haut, » dit Alice
«Non sono alta un miglio», disse Alice
« Près de deux milles de haut », dit la reine
«Quasi due miglia di altezza», disse la Regina

— Eh bien, je refuse d'y aller, dit Alice
«Ebbene, mi rifiuto di andare», disse Alice
Le roi pâlit
Il re impallidì
et il ferma précipitamment son carnet
e chiuse in fretta il taccuino
« Considérez votre verdict », a-t-il dit au jury
"Considerate il vostro verdetto", ha detto alla giuria
Il parlait d'une voix basse et tremblante
Parlava con voce bassa e tremante
Puis le lapin blanc prit la parole
Poi parlò il Bianconiglio
« Il y a encore plus de preuves à venir »
"Ci sono ancora altre prove in arrivo"
et il se leva d'un bond en toute hâte

e balzò in piedi in gran fretta
« Ce papier vient d'être retiré »
"Questo documento è stato appena ritirato"
« On dirait que c'est une lettre écrite par le prisonnier »
"Sembra una lettera scritta dal prigioniero"
Il déplia le papier tout en parlant
Aprì il foglio mentre parlava
« Ce n'est pas une lettre, après tout »
"Non è una lettera, dopotutto"
« Ce que c'était, c'était un ensemble de versets »
"Quello che era era un insieme di versi"
« S'il vous plaît, Votre Majesté », dit le coquin
"Vi prego, vostra maestà," disse il furfante
« Je n'ai pas écrit ces vers »
"Non ho scritto io quei versi"
**« et ils ne peuvent pas prouver que j'ai écrit quoi que ce
soit »**
"e non possono provare che ho scritto qualcosa"
« Il n'y a pas de nom signé à la fin »
"Non c'è nessun nome firmato alla fine"
Le roi parla au fripon
Il re parlò al furfante
« Vous avez dû vouloir causer des méfaits »
"Devi aver avuto l'intenzione di causare qualche guaio"
**« Sinon, tu aurais signé ton nom comme un honnête
homme »**
"altrimenti avresti firmato il tuo nome come un uomo onesto"
Il y eut un claquement général de mains
Ci fu un generale battito di mani
Et le roi se tourna vers le lapin blanc
E il re si rivolse al coniglio bianco
« Lisez les vers », ordonna-t-il
"Leggete i versetti", ordinò
Il y eut un silence de mort dans la cour
C'era un silenzio di tomba in tribunale
et le lapin blanc lut les versets
e il coniglio bianco lesse i versi

Ils m'ont dit que vous étiez allé chez elle
Mi hanno detto che eri stato da lei
Et ils lui parlèrent de moi
E gli hanno parlato di me
Elle m'a donné un bon caractère
Mi ha dato un buon carattere
Mais elle a dit que je ne savais pas nager
Ma lei ha detto che non sapevo nuotare
Il leur a fait savoir que je n'étais pas parti
Mandò loro a dire che non ero andato
Nous savons que c'est vrai
Sappiamo che è vero
Si elle poussait l'affaire, que deviendriez-vous ?
Se dovesse insistere sulla questione, che ne sarebbe di te?
Je lui en ai donné un, ils lui en ont donné deux
Io gliene ho dato uno, loro gliene hanno dati due
Vous nous en avez donné trois ou plus
Ce ne hai dati tre o più
Ils sont tous revenus de sa part vers vous
Tutti sono tornati da lui a te
bien qu'ils aient été les miens avant
anche se prima erano miei
Si j'avais la chance d'être
Se io o lei dovessimo avere la possibilità di essere
Si j'étais impliqué dans cette affaire
Se io o lei fossimo coinvolti in questa faccenda
Il compte en vous pour les libérer
Egli confida in te per liberarli
Exactement comme nous étions
Esattamente come eravamo
Mon idée, c'est que vous aviez été
La mia idea era che tu fossi stato
Avant qu'elle n'ait cette crise
Prima che avesse questo attacco
Un obstacle qui s'est dressé entre
Un ostacolo che si è frapposto
Lui, et nous-mêmes, et cela

Lui, e noi stessi, e
Ne lui faites pas savoir qu'elle les aimait mieux
Non fargli sapere che le piacevano di più
Car cela doit être à jamais un secret, caché à tous les autres
Perché questo deve essere per sempre un segreto, tenuto
nascosto a tutti gli altri
Ce secret doit rester un secret entre vous et moi
Questo segreto deve rimanere un segreto tra te e me
Le roi était très impressionné
Il re fu molto impressionato
**« C'est la preuve la plus importante que nous ayons
entendue jusqu'à présent »**
"Questa è la prova più importante che abbiamo mai sentito"
**— Je ne crois pas que ces vers aient un atome de sens,
objecta Alice**
«Non credo che quei versi abbiano un atomo di significato»,
obiettò Alice
le roi avait sa propre opinion sur la question
il Re aveva la sua opinione sulla questione
**« S'il n'y a pas de sens dans ces mots, cela sauve un monde
de problèmes »**
"Se non c'è alcun significato in queste parole, questo si salva
un mondo di guai"
**« Alors nous n'avons pas besoin d'essayer de trouver le
sens »**
"Allora non c'è bisogno di cercare di trovare il significato"
« Laissons le jury délibérer sur son verdict »
"Che la giuria consideri il suo verdetto"
« Non, non ! » dit la reine
"No, no!" disse la regina
« La condamnation d'abord, le verdict ensuite »
"Prima la sentenza, poi il verdetto"
« Des bêtises et des bêtises ! » dit Alice à haute voix
«Roba e sciocchezze!» disse Alice ad alta voce
« Comme il est stupide de condamner l'accusé en premier ! »
"Com'è sciocco condannare per primo l'imputato!"

« Tais-toi ! » dit la reine en devenant violette

"Taci!" disse la regina, diventando viola

« Je ne me tairai pas ! » dit Alice

«Non terrò a freno la lingua!» disse Alice

cria la reine à tue-tête

La regina gridò a squarciagola

« Coupez-lui la tête ! »

"Tagliatele la testa!"

Personne n'a fait un mouvement

Nessuno ha fatto un movimento

« Qui se soucie de ce que vous dites ? » dit Alice

«Chi se ne frega di quello che dici?» disse Alice

Elle avait atteint sa taille maximale à ce moment-là

A questo punto era cresciuta fino a raggiungere la sua piena
dimensione

« Tu n'es rien d'autre qu'un jeu de cartes ! »

"Non sei altro che un mazzo di carte!"

À ces mots, toutes les cartes se levèrent dans les airs

A questo punto, tutte le carte si alzarono in aria

et toutes les cartes s'abattaient sur elle

e tutte le carte le caddero addosso

Elle poussa un petit cri

Lei lanciò un piccolo urlo

Elle était à moitié effrayée, mais aussi en colère

Era mezza spaventata, ma anche arrabbiata

Et elle a essayé de se battre contre les cartes

E ha cercato di combattere le carte da sola

puis elle se retrouva allongée sur le talus d'herbe

e poi si ritrovò sdraiata sulla riva d'erba

Sa tête était sur les genoux de sa sœur

La sua testa era in grembo a sua sorella

Des feuilles mortes s'étaient posées sur son visage

Alcune foglie morte erano cadute sul suo viso

et sa sœur balayait doucement les feuilles

e sua sorella stava delicatamente spazzolando via le foglie

« Réveille-toi, ma chère Alice ! » dit sa sœur

«Svegliati, Alice, cara!» disse la sorella

« Quel long sommeil tu as eu ! »

"Che lungo sonno hai avuto!"

« Oh, j'ai fait un rêve si curieux ! » dit Alice

"Oh, ho fatto un sogno così curioso!" disse Alice

Et elle raconta à sa sœur tout ce qu'elle pouvait se rappeler

E raccontò a sua sorella tutto quello che riusciva a ricordare

toutes les étranges aventures que vous venez de lire

tutte le strane avventure di cui hai appena letto

Alice se leva et s'enfuit en courant

Alice si alzò e corse via

et elle pensait, tout en courant, à son rêve

e pensava, mentre correva, al suo sogno

« Quel rêve merveilleux cela avait été ! »

"Che sogno meraviglioso è stato!"

www.tranzlaty.coM

www.ingramcontent.com/pod-product-compliance
Lightning Source LLC
Chambersburg PA
CBHW011048190728
48290CB00011B/3054